Peter Michel: Die Sternenbruderschaft

Peter Michel

Die Sternenbruderschaft

Illustrationen
von
Robert Fischer

Aquamarin Verlag

Voglherd 1 · D-85567 Grafing
1. Auflage 1995
Illustrationen: Robert Fischer
Layout: Annette Wagner
Herstellung: P & P Lichtsatz GmbH, Grafing
Druck u. Bindung: Wiener Verlag, Himberg
ISBN 3-89427-070-5

Gewidmet dem Mysterium des ewig Weiblichen
und den geheimnisvollen Frauen in meinem Leben.

Für
Annette, Katarina und Petra

und für
Elisa

INHALT

1. Caerverock Castle

Urgewaltig tobten die Sturmböen um Caerverock Castle. Die moosigen, verwitterten Mauern duckten sich förmlich in die Felsen, um den Unbillen der entfesselten Natur zu entgehen. Doch Myrrdhin's Hill, wie die Einheimischen die Felsspitze nannten, auf der Caerverock Castle lag, ragte zu weit in den Atlantik hinaus, um dem Unwetter entgehen zu können. Alle Sturmgeister Britanniens schienen zu einem Treffen zusammengekommen zu sein, und Caerverock Castle lag offensichtlich genau im Zentrum der Versammlung.

Myrrdhin, so hatte es den Anschein, wurde vom Toben der Naturkräfte, das sich über seinem Schloß abspielte, nicht berührt. Fast mochte man glauben, er wisse um die Zusammenkunft der Sturmgeister und sei selbst in gewisser Weise beteiligt. Und dieser Eindruck täuschte nicht.

Myrrdhin, der Herr von Caerverock Castle, war der letzte noch lebende Eingeweihte der uralten druidischen Weisheitstradition. Seit Jahrtausenden war das Wissen der Druiden von Meister zu Meister weitergegeben worden, in einer ehrwürdigen Kette des Wissens. Lange suchten die Ältesten und sorgsam prüfte der Rat der Weisen, bis der ausgewählte Nachfolger zum Druiden geweiht und ihm das Portal zum heiligen Wissen geöffnet wurde. Bis zu Myrrdhin, dem letzten Hüter der druidischen Weisheit, hatte niemand die verborgene Lehre unreifen Ohren oder Augen enthüllt, und auch er würde nur dem wahrhaft Berufenen das innere Tor öffnen.

Myrrdhin lebte nicht allein auf Caerverock Castle. Schon wenn man über die Zugbrücke geschritten war und unter dem Hauptportal stand, zeigte ein Blick in den Vorhof, daß die Schönheit der Burganlage nur einer weiblichen Hand entsprungen sein konnte. Myrronia, eine keltische Priesterin, lebte mit Myrrdhin in Caerverock Castle. Sie war in der Nacht von Myrrdhins Weihe zum Druiden zu seiner Frau geworden. Der Rat der Weisen hatte den Lauf der Sterne geprüft und mit den inneren Augen die Welt ohne Zeit durchwandert, um hinter dem Schleier der Unwissenheit ihre Wege im Nachen des silbernen Flusses zu erkunden. Schon oft hatten sich ihre Pfade im Reich der Vergänglichkeit gekreuzt; und weite Strecken waren sie auf dem silbernen Fluß hinabgezogen. So führte ihr Weg sie auch in diesem Leben wieder zusammen.

Caerverock Castle war keine sehr große Burg. Der Innenhof maß nicht mehr als zehn oder zwölf Schritte im Quadrat, und die Gebäude waren eher bescheiden als prächtig zu nennen. Ungewöhnlich war jedoch die Aufteilung zwischen Türmen und Seitengebäuden. Caerverock Castle formte eine Raute, deren vordere Spitze der »Turm der Blumen« und deren hinteren Abschluß der »Turm der Stille« bildete. Die Räumlichkeiten der beiden Innenseiten, die sich jeweils in ihren Spitzen zu Erkern formten, dienten als Aufenthaltsräume für Myrrdhins Schüler sowie für ihn und Myrronia. Der »Turm der Blumen« ragte nicht ganz so hoch empor wie der »Turm der Stille«, der gewissermaßen die Krone von Caerverock Castle darstellte. War dieser weitgehend Myrrdhins Reich, so spürte man Myrronias Gegenwart besonders im »Turm der Blumen«. Schon seine Außenmauern wurden in zauberhafter Harmonie von Rosen und Efeu umrankt und ließen erahnen, was den Besucher im Inneren des Turmes erwartete.

War man über die Zugbrücke geschritten und durch das Portal des Blumenturmes in den Vorhof eingetreten, so wurde das Auge von der Schönheit der Ornamente gefesselt, die sich auch auf den beiden

Seitengebäuden zeigten und ebenso den »Turm der Stille« schmückten. Myrronia hatte die begabtesten Künstler des Landes, die noch um die keltische Mythologie und Weisheitstradition wußten, beauftragt, Caerverock Castle auszumalen. Aufgrund der hohen Achtung, die Myrrdhin im ganzen Land genoß, waren sie mit Freude Myrronias Ruf gefolgt. So umhüllte den Besucher beim Eintritt in den Schloßhof unmittelbar die Zauberwelt von Weisen und Magiern, von Feen und Elfen, von Baumgeistern und Nymphen. Es war, als sei die laute Alltagswelt hinter einem Nebel versunken, der Caerverock Castle schützend umgab.

Der Zugang zum »Turm der Blumen« befand sich auf der linken Seite, hinter dem Portal. Der Besucher mußte sich ein wenig bükken, um den uralten Rosenstock nicht zu verletzen, der sich um die Eingangstür rankte und dann am Turm empor seinen Fortgang nahm. Der Sage nach stammte der Rosenstock aus einer Zeit, als auf Myrrdhin's Hill die irdische und die himmlische Weisheit noch nicht getrennt waren. Der Rosenstock sei das Geschenk, so erzählte man, von einer Fee, die ihn in jenen Tagen, als die Schatten auf der Erde zu dicht wurden, pflanzte, um stets die Erinnerung an eine lichtere Welt aufrechtzuhalten. Wer jemals den Duft von Myrronias Rosen in sich aufgenommen hat, wird keinen Zweifel an seinem himmlischen Ursprung mehr hegen.

Das Tor hinter dem Rosenbusch führte zu einer zierlichen Wendeltreppe, die auf engen Stufen empor führte. Das Dunkel des Turmes wurde erhellt von Kerzen, die in den Nischen hinter handgearbeiteten Glasgefäßen brannten. Das farbige Glas war kunstvoll verarbeitet, und die unterschiedlichen Tönungen und Formen verliehen dem Inneren des Turmes ein stets wechselndes, geheimnisvolles Lichtfeuer.

Nach vierundsechzig Stufen erreichte man das erste Stockwerk. Eine schwere, handgeschnitzte Holztür verschloß seinen Zugang. Es bedurfte eines kräftigen Armes, um die Tür in ihren Angeln zu bewegen. Fast überraschte die Helligkeit, die sich dem Auge bot, wenn man in den Raum dahinter eintrat. Das große Fenster, das sich über dem Hauptportal befand, ließ das Licht ungehindert hereinfluten. Weit konnte das Auge schweifen, über die Zugbrücke hinab den Kiesweg, bis hin zu den moosigen Felsen und der weiten Landschaft, die sich vor Caerverock Castle erstreckte.

Myrronia nannte diesen Raum das »Rosen-Zimmer«. Es war ihr Arbeitsraum, und überall befanden sich Apparaturen, die an ein alchemistisches Laboratorium erinnerten. Ein feiner, fast betörender Rosenduft wehte durch das Zimmer. Hier stellte Myrronia ihre Rosen-Heilmittel her, Tropfen und Salben, deren segensreiche Wirkung weit über die Grenzen Britanniens hinaus bekannt waren. Das Wissen um die Heilkraft des uralten Rosenbusches hatte Myrronia bei jenen Priesterinnen gelernt, die seit Jahrtausenden das Wissen um die Heilkräfte der Natur hüteten. Auch in Britannien hatte sich die moderne Medizin ihren Weg gebahnt, häufig ohne auf jene Schätze zu achten, die sie auf ihrem Siegeszug zu Boden trat. Trotzdem war das alte Heilwissen, wie überall auf der Welt, nicht völlig erloschen. Im Gegenteil, es schien, als sollte die Natur von neuem beginnen, ihre Geheimnisse denen zu offenbaren, die nicht verlernt hatten, auf sie zu lauschen.

Vom »Rosen-Zimmer« führte eine schmale Stiege in das nächste Stockwerk. In diesem Bereich arbeitete und studierte Myrronia, wenn sie sich nicht im Laboratorium aufhielt. An den Wänden befanden sich hohe Bücherregale, gefüllt mit Werken über die Kunst der Heilung. Seltene Schriften über die Lukomanen, die Priesterkönige und Heiler der atlantischen Zeit, Papyrus-Rollen mit geheimnisvollen Hieroglyphen, verfaßt von den priesterlichen Ärzten der Pharaonen, griechische Pergamente, die das Wissen der Therapeuten der Antike bewahrten. In anderen Regalen ruhten Palmblatt-Sammlungen, die die Weisheit der vedischen Seher enthielten – die Heilkunst des Ayurveda. Wenn man sich ihnen näherte, schien ein seltsam besänftigender Duft von Sandelholz von ihnen auszugehen. In einer Ecke des Zimmers lagen schwere Leder-Folianten, in denen das medizinische Heilwissen der großen Ärzte des Mittelalters überliefert worden war. Die »Magia Naturalis« von Paracelsus und seinen Schülern. Auf der gegenüberliegenden Seite konnte der interessierte Sucher den Kenntnissen der großen chinesischen Ärzte über die Energiebahnen des menschlichen Körpers und ihrer Aktivierung durch Akupunktur begegnen sowie dem Wissen der Taoisten über Männliches und Weibliches, Yin und Yang, dem Weg der Harmonisierung der Gegensätze und der Einheit allen Lebens. Schließlich fand sich noch ein Regal mit zeitgenössischer Literatur, das von Werken über Geistheilung und Shiatsu bis hin zur Homöopathie und Bach-Blütentherapie ein breites Spektrum erfaßte. Wenn man einmal still vor diesem einmaligen Schatz an Wissen saß, ging ein zartes Licht, eine feine Strahlung von diesen Werken aus. Dabei schien es, als ob bei den großen Meistern der Vergangenheit die Reinheit des Wissens um die Heilkräfte im Menschen und in der Natur noch vollständig vorhanden gewesen wäre. Von einem interessierten südamerikanischen Arzt befragt, der so feinfühlig war, die Schwingung im Raum wahrzunehmen, erklärte Myrronia einmal, daß die Lage der Menschheit es erforderlich gemacht habe, das Heilungswissen der Jahrtausende in so viele empfängliche Kanäle wie möglich fließen zu lassen, um die umfassendste Heilwirkung auf die leidenden Erdenkinder ausüben zu können. Dabei sei es den »Meistern der Heilung« bewußt gewesen, aufgrund der Fülle einen Verlust an Tiefe und Reinheit in Kauf nehmen zu müssen. Trotz dieser Schwierigkeit sei auf der Erde das Wissen um die Gesetze der Heilung, das Verständnis von Leid und Krankheit, auf der gegenwärtigen Stufe der Menschheitsentwicklung weiter verbreitet als jemals zuvor. Zwar sei die Zahl der Eingeweihten und wahrhaft erleuchteten Heiler nur wenig größer geworden, doch die Zahl der Schüler und Jünger habe sich um ein Vielfaches erhöht. Allmählich lerne die Menschheit, so hatte

Myrronia erklärt, auf welche Weise Körper und Geist eine Einheit bildeten, und dies sei der erste Schritt zur wahren Einsicht in die Gesetze der Heilung.

Waren die ersten beiden Stockwerke Myrronias Arbeitswelt, so gelangte man von dort über eine kleine Leiter, die sie durch einen verborgenen Mechanismus herabgleiten ließ, in ihr Heiligtum. Sieben kleine, holzgeschnitzte Stufen führten empor in Myrronias Altarzimmer. Der Raum maß nur wenige Schritte im Durchmesser, doch es schien, als weiteten sich alle Sinne, wenn man ihn betrat.

Aus dem Dachfenster, das wie eine kleine Kuppel den Raum erleuchtete, fiel das Licht auf einen Altar, der von zwei langen, säulenartigen Kerzenständern umrahmt wurde. In seiner Mitte ruhte eine Schale, in der eine fluoreszierende Flamme brannte. Ein silbernes Licht verströmte sich in den kleinen Raum, ohne das ersichtlich war, auf welche Weise sich die Flamme speiste. Sie schien gleichsam von innen heraus zu leben, so als leuchte eine andere, höhere Welt durch sie. Auf dem Boden lag ein tiefer Teppich, geknüpft mit seltsamen Ornamenten und Zeichen. Er füllte fast den gesamten Raum aus und nahm jedes laute Geräusch in seine samtige Tiefe auf. Gegenüber dem Altar hing ein Bild, das ein Wesen von übermenschlicher Schönheit zeigte. Es war Myrronias Lehrerin und geistige Führerin. Sie liebte und verehrte sie zutiefst. Sie war ihren Weg schon weiter gegangen und reichte nun ihre Hand jenen, die ihr folgten. Wie Myrronia weitergab, was sie empfing. So fühlten sie sich wie zwei Schwestern, die eine jünger, die andere älter; wie zwei winzige Glieder in der goldene Kette der Dienenden. Manchmal jedoch verbarg Myrronia das Bild hinter einem Brokattuch, wenn Besucher diesen Raum betraten. Nicht jedes Auge war reif, es zu schauen.

Myrronia wirkte als Priesterin und Heilerin, und gelegentlich fanden Menschen den Weg hinauf nach Caerverock Castle, um sie um Heilung zu bitten. Sie wußte dann, diese Menschen waren ihr gesandt worden, weil sich die Zeit für sie erfüllt hatte. So wirkte Myrronia im Verborgenen und sandte doch das Licht hinaus in die Welt.

Myrrdhins Reich lag auf der gegenüberliegenden Seite von Caerverock Castle. Man schritt über ein kunstvolles Mosaik, das aus vielen Steinen ein Yin-Yang-Zeichen formte und stand dann vor dem Tor zum »Turm der Stille«. Schwer hing das eisenbeschlagene Portal in seinen Angeln. Es bedurfte erheblicher Körperkraft, um den ehernen Ring an der linken Seite zu drehen und das Tor nach innen zu drücken. Wenn die Öffnung einen Winkel von fünfundvierzig Grad erreicht hatte, flammte im Inneren ein Licht auf, das nicht nur den Vorraum des Turmes erhellte, sondern auch den großen Granat in der Mitte des Tores aufflammen ließ. Er zierte die Mitte zweier Schwerter, die sich unter einem Kelch kreuzten, Symbol der geistigen Ritterschaft. Myrrdhin gehörte zu einer geistigen Bruderschaft, die das Schwert des Lichtes führte. Das Schwert gegen die Schatten der Unwissenheit; aber auch die Klinge gegen die Wesen der Finsternis. Nur im Widerstand lag das Mittel zu ihrer Erlösung, doch wohl dem, der ihre Macht nicht unterschätzte. Nicht aus dem Ich heraus waren sie zu überwinden, nur die Kraft des göttlichen Selbst löste sie aus selbst geschaffener Verbannung.

Der Vorraum des »Turms der Stille« wurde von vier Leuchten erhellt, die in vier verschiedenen Farben in Nischen über dem Tor, vor der Treppe und an den beiden Wänden angebracht waren. Ihre Strahlen konzentrierten sich in der Mitte des Raumes, und bei genauem Hinsehen erkannte man auf dem Boden eine Rose, deren Blütenblätter ein Kreuz umschlossen hielten. Stellte man sich in die Mitte der Blumenkönigin, so umflossen die Strahlen der vier Leuchten den Körper wie himmlischer Nebel. Seltsam leicht wurden die Schritte, die Stufen zum ersten Stock empor. Achtundsiebzig Schritte aufwärts führten in das obere Stockwerk. Ein Vorhang, der nicht ganz geschlossen war, trennte Treppe und Zimmer, und durch den schmalen Spalt fiel ein bläuliches Licht. Schob man den Vorhang auseinander, öffnete sich der Zugang zum »Saphir-Zimmer«. Eigentlich sollte eher von Gewölbe gesprochen werden, denn die Decke spannte sich gleich dem Himmelszelt über einen gewaltigen Teppich, in dessen Mitte ein funkelnder Kelch stand, aus dem ein mächtiger Saphir aufragte. Sein magisches Feuer speiste die übrigen Saphire des Raumes, die aus den Wänden herauszuwachsen schienen und vom Deckengewölbe ihr gleißendes Licht herabstrahlten. Das »Saphir-Zimmer« war der Treffpunkt der Bruderschaft. Einmal im Jahr versammelten sich die Schwertträger im »Turm der Stille«, um das Wirken des vergangenen Jahres zu besprechen und den Plan für das kommende zu entwerfen. Myrrdhin war der »Ritter vom Stuhl«, der irdische Ordensmeister der geistigen Bruderschaft. Das nächste Treffen sollte im Mai stattfinden, zur Zeit des Wesak-Festes.

Vom »Saphir-Zimmer« führte ein schmaler, stufenloser Gang in Myrrdhins Bibliothek. Hier fanden sich die heiligen Schriften aller Zeiten und Kulturen. Beherbergte der »Turm der Blumen« die Werke über das Heilwissen, so wurde im »Turm der Stille« das Wissen um die Geschichte der Menschheit gehütet. In einem Schrein, der einen kleinen Erker an der Stirnseite des Raumes ausfüllte, wurde das kostbarste Juwel aufbewahrt – die »Chronik der Atlanter«. Auf einhundertundacht Rollen fand sich alles Wissen um die atlantischen und prä-atlantischen Kulturen aufgezeichnet. In diesen heiligen Schriften hatten die atlantischen Eingeweihten und Priesterkönige den Weg menschlichen Lebens von Anbeginn an aufgezeichnet. Myrrdhin war oft mit den inneren Augen zurückgewandert, durch die lemurische und hyperboräische Epoche zurück zu den Anfängen bewußten Lebens auf Erden. Weiter zurück verlor sich das Auge der Aufzeichnung im Nebel unendlich ferner Zeiten, doch Myrrdhin hoffte, in kurzer Zeit hinter diesen Schleier blicken zu dürfen.

Die Bibliothek bildete den Mittelpunkt, das geistige Zentrum des »Turms der Stille«, aber sie war nicht Myrrdhins Sanktuarium. Die-

In der Sternenkuppel

ses lag verborgen hinter dem Schrein. Nur Myrrdhin und Myrronia wußten, wie dieser geöffnet werden konnte, um hindurchzuschreiten und über eine winzige Treppe die »Sternenkuppel« zu erreichen. Wer den »Turm der Stille« von außen betrachtete, sah nur eine dunkle Kuppel, die den Abschluß des Hauptturmes von Caerverock Castle bildete. Erst wenn man die »Sternenkuppel« von innen betrat, erkannte man, daß sie von innen durchsichtig war. Zur Zeit tobte das Unwetter um Caerverock Castle, aber bei klarem Himmel bot sich dem Auge aus dem Kuppelzimmer ein majestätischer Anblick des nördlichen Sternenhimmels.

Die »Sternenkuppel« war fast völlig leer, Symbol für das leere Bewußtsein, das allein fähig war, die Fülle des Seins zu erfahren. An der Stirnseite lag ein großes Meditationskissen, das, je nach der Sitzhaltung, den Blick in zwei Richtungen freigab. Nach außen gewandt, konnte das Auge endlos über die Weite des Atlantischen Ozeans wandern. Der Seher konnte die Wasser- und die Sturmgeister beobachten und die Urgewalt des Meeres erspüren. Nahm Myrrdhin die entgegengesetzte Haltung ein, so fiel sein Blick auf die beiden anderen Gegenstände des Kuppelzimmers. An der Wand hing ein Bild seines Meisters – Astramis, der Hüter der Sternenbruderschaft. Seit vielen Leben war Myrrdhin ihm schon verbunden, und stets hatte er in wundersamer Weise den Schüler von Freiheit zu Freiheit und von Erkenntnis zu Erkenntnis geführt. Immer aber auch von Verantwortung zu größerer Verantwortung, von der unscheinbaren Hilfe zum großen Werk. Astramis gehörte nicht der Erdenlebenswoge an. Er führte seine Schüler zwischen den Sphären, von der irdischen Welt zur solaren Evolution. Astramis war ein Eingeweihter des Solaren Logos. Sein Wissen umfaßte Welten, die Myrrdhin nur von ferne erahnte – und doch sollte auch er bald den Mantel kosmischer Einweihung umgelegt bekommen.

Vor dem Bild von Astramis ruhte auf vier zierlichen Alabastersäulen eine kleine Vitrine. In ihr lag auf einem Samtpolster Myrrdhins

Druidenstab, der ihm bei seiner Weihe überreicht worden war. Es war ein Kunstwerk von filigraner Schönheit. Der etwa fünfzig Zentimeter lange Stab enthielt drei kunstvoll gefaßte Bergkristalle. Der größte von ihnen bildete das untere Ende des Stabes, eingefaßt in ein silbernes Ornament, das verziert wurde von Smaragden, Amethysten und Rubinen. Drei Amethyst-Stäbe, die sich pyramidenförmig nach oben öffneten, umschlossen an der Spitze einen zweiten Bergkristall, ebenfalls wunderschön gefaßt und mit Edelsteinen bestückt. In der Mitte, gleichsam oben und unten verbindend, gehalten von einem weiteren Silberband, funkelte der dritte Kristall. Im Raum zwischen dem unteren und dem kleineren mittleren Kristall schwebte frei eine Amethyst-Kugel. Je nachdem, in welcher Richtung Myrrdhin den Stab hielt, bewegte sich die Kugel aufwärts oder abwärts, Sinnbild der Erde auf ihrem abwärts und aufwärts führenden Weg durch das Weltall. Über dem oberen Kristall, an der Spitze des Stabes, befand sich eine Figur, die den Hüter der Sternenbruderschaft darstellte. Astramis trug ein langes, weit fallendes Gewand, die Arme erhoben und den »Stab der Kraft« tragend. Auf seiner Stirn funkelte ein Irisin, der Stein der Sternenbruderschaft, Symbol des kosmischen Auges. An der Spitze des Stabes funkelte der Logorith, der Stein des Solaren Logos.

Nur Myrrdhin durfte die Vitrine öffnen und den Stab entnehmen. Die gewaltige, kosmische Kraft, die sich in ihm konzentrierte, hätte jeden, der sich unrechtmäßig den Stab aneignen wollte, aus dem Körper gelöst. Die physische Form des Uneingeweihten wäre vom Kraftfeld des Stabes sofort aufgelöst worden, die Geistseele in den inneren Welten gebannt gewesen. Noch nie in der Tradition der Druiden war jedoch ein solcher Fall eingetreten.

Die »Sternenkuppel« war das Herzstück von Caerverock Castle. Hier offenbarte sich die Kraft der Sternenbruderschaft, und hier verbanden sich Mikrokosmos und Makrokosmos. Dies war das Reich Myrrdhins.

2. Weltennacht

Als Myrrdhin die Stufen zur »Sternenkuppel« hinaufstieg, hatte sich der Sturm etwas gelegt. Noch immer aber jagten die Sturmgeister in übermütigem Spiel tiefschwarze Wolken vor sich her. Vom Atlantik her führte ihr wildes Treiben über Caerverock Castle hinweg landeinwärts.

Myrrdhin setzte sich auf sein Meditationskissen und wandte seinen Blick meerwärts. Lächelnd beobachtete er das ungebändigte Treiben, ehe er sich in die Stille zurückzog. Heute war Vollmond im Widder, und Myrrdhin hatte sich lange auf diesen Tag vorbereitet. Fast bedauerte er es ein wenig, dem Spiel der Sturmgeister Einhalt gebieten zu müssen, aber die Bedeutung der Stunde erforderte es.

»Barrydis!« – Wie Donnergrollen ertönte Myrrdhins Stimme, als er den Herrn der Sturmgeister zu sich rief. Der »Turm der Stille« bebte in seinen Grundfesten, als Barrydis ihn mit seinem Kraftfeld umspannte.

»Großer Myrrdhin, Ihr habt mich gerufen. Seid mir gegrüßt und laßt mich Euer Begehren wissen.«

Myrddhin war stets ein klein wenig erheitert über das ehrfurchtsvolle Gebaren von Barrydis, der aus einer anderen Zeit zu kommen schien.

»Barrydis, mein guter Freund, dies ist eine besondere Nacht. Der Vollmond tritt soeben in das Zeichen des Widders, und ein neuer Weltentag beginnt. Lange habe ich in der Stille auf diese Stunde gewartet, um endlich den Schleier der Zeit zu überwinden. Mein Meister ist nahe, und so bitte ich Dich, rufe die Deinen zu Dir und lasse Ruhe einkehren auf Caerverock Castle.«

»Willkommen sei uns der ehrwürdige Astramis«, gab Barrydis zur Antwort, »und das Schweigen der Nacht soll unser Gruß an ihn sein.«

Myrrdhin schloß die Augen und spürte, wie Barrydis und seine wilde Schar sich zurückzogen und es still wurde. Der Vollmond fiel auf den Druidenstab, und ein Glockenspiel erklang von fern. Aus den Tiefen des Weltalls senkte sich ein goldener Strahl herab und umhüllte die Türme von Caerverock Castle.

Als der Vollmond den Irisin des Druidenstabes traf, löste sich ein flammender Lichtstrahl und verschmolz mit Myrrdhins Stirn-Chakra. Weißes Feuer erfüllte seinen Körper, und Myrrdhin fühlte, wie er sanft aus seinem Erdengewand gezogen wurde. Vor ihm erstrahlte in goldenem Licht die Gestalt von Astramis.

»Willkommen, mein Sohn, in dieser besonderen Nacht. Die Erde tritt in ein neues Zeitalter ein. Unmerklich zuerst wird die Macht des Geistes einzelne Erdenwesen erfüllen, dann aber in gewaltigem Strom den Staub der Vergangenheit hinwegwehen. Das Licht bricht sich Bahn, doch noch ahnt die Dunkelheit es nicht. Schon sehen wir die neue Zeit, doch, wie Du weißt, sind tausend Erdenjahre nur ein Hauch der Ewigkeit für uns.

Im großen Entwicklungsplan hat dieser Planet seine tiefste Stufe durchschritten, den Weg der Durchlichtung bereits begonnen. Wie Dir auch bewußt ist, durftest Du nur gemäß der zurückgelegten Wegstrecke der Erdenwesen den Blick zurück richten – wie oben so unten, wie vorwärts so rückwärts. Wenn auch eure Zeit in unserer Welt sich auflöst, so bleibt doch Wachstum eine Wirklichkeit. Der Zeitpfeil fliegt niemals rückwärts.

In vielen Meditationen versenktest Du Dich in die Geschichte Deiner Welt. Viele einzelne Schicksalsfäden konnte Dein inneres Auge entwirren, doch meist blieb Dein Erkennen beschränkt auf das

Karma von Personen. Die Einsicht in das Schicksal von Gaia, von Mutter Erde, entzog sich Deinem Erkenntnisvermögen. Heute ist die Zeit gekommen, um Dich tiefer hinter den Schleier der Zeit blikken zu lassen. Ergreife meinen Stab.«

Astramis streckte Myrrdhin seinen leuchtenden Stab entgegen, und er umschloß ihn mit seiner Hand. Wie von einer ungeheuren Strömung angezogen, fühlte sich Myrrdhin in die unendliche Weite des Alls gezogen, Seite an Seite mit Astramis. Er sah die blaue Erdenkugel im Raum schweben, und er erschaute, wie ein unendlich fein geknüpftes Netz kosmischer Fäden sie umspann.

»Was ist das für ein Netz?« fragte er Astramis.

»Wie Du weißt, regiert das Gesetz des Ausgleiches alles Leben. In Eurer Sprache redet ihr von *Karma*. Wie im Kleinen so im Großen. Auch Euer Planet wird umgeben von einem karmischen Gewebe, in dem sowohl alle lichten wie auch alle dunklen Fäden verwoben sind. Kein Grashalm wird geknickt, ohne im kosmischen Lichtgewebe eine Spur zu hinterlassen. Betrachte das Netz genauer!«

Myrrdhin konzentrierte seine ganze Aufmerksamkeit auf das kosmische Schauspiel, das sich seinem geistigen Auge bot. Er bemerkte, daß das planetarische Netz kein festes Gebilde darstellte, sondern sich ununterbrochen veränderte. Es pulsierte voller Leben – und es schien strahlender zu werden.

Astramis war seinen Gedanken gefolgt und erklärte ihm: »Vergiß nicht, daß Dein geistiges Auge die Entwicklung aufgrund kosmischer Zeit erschaut. Du siehst Prozesse, die viele Erdenjahre dauern werden. Der planetarische Logos wirkt aus einer anderen Dimension. Aber Du kannst erkennen, welchen Weg das Leben nimmt.«

Ergriffen betrachtete Myrrdhin das gewaltige Schauspiel und das Wirken einer unbeschreiblichen Intelligenz. Erst die Stimme von Astramis ließ ihn seine Aufmerksamkeit wieder auf seinen Meister richten.

»Dein Blick hat Dir das Ist und einen Hauch des Morgen enthüllt.

Nun folge mir zurück durch die Zeit, hin zum Schleier der Erdennacht, der bisher das Ende Deiner Meditationen anzeigte.«

Astramis berührte Myrrdhins Herz-Chakra mit seinem Stab, und er fühlte sich hinabgezogen in den Strudel irdischer Lebenswogen. Die Schau aus kosmischer Sicht war verschwunden, und gleich einer planetarischen Leinwand erschaute er vor sich die Grauen zweier Weltkriege. Unendliche Heerzüge durchquerten Europa, Spuren von Blut und Leid ziehend. Er spürte gleichsam den gesammelten Schmerz der Menschheit in seinem Geistkörper; und er begriff, wie Schuld durch Leid verwandelt wurde. Die Bilder wechselten; er sah deutsche Soldaten und russische Partisanen, sah Angreifer und Verteidiger, Getötete und ihre Mörder – und er sah sie in wechselnden Rollen und Zeiten. Der Gefolterte von heute verwandelte sich in den römischen Gladiator von einst. Im Opfer schaute er den Täter und im Täter das Opfer – und auf allem Geschehen lastete das Leid der Unwissenheit. Sie alle hatten vergessen, daß der, der durch das Schwert tötete, durch das Schwert umkommen würde. Und es schien, als sollte nur der Schmerz der Lehrmeister sein. Nur das Leid leitete sie. Myrrdhin schloß die Augen.

Als er nach einer Weile Astramis wieder anschaute, stand die Frage nach dem Warum in seinem Herzen geschrieben.

»Viele Deiner Brüder und Schwestern, alle Botschafter des Mitgefühls und der Liebe, haben diese Frage gestellt. Um sie zu beantworten, mußt Du mir in eine endlose Ferne folgen. Doch soll Dein Auge zuerst noch die helle Seite des Schicksals erblicken.«

Wieder empfand Myrrdhin das intensive Eintauchen in das Erdenbewußtsein, doch diesmal war die Schwingung leuchtend und hell – und er sah Gesichter, die ihm eigenartig vertraut waren. Es waren Mitglieder der Bruderschaft, doch auch sie auf Wanderschaft durch Raum und Zeit. Er kannte die Seelen, und nun sah er die Persönlichkeiten, die sie angenommen hatten. Durch alle Kulturen und Reiche rückwärts führte seine Schau, und er folgte den wechselnden Gewändern. Er sah Sadat, den Friedensstifter, und er fand ihn wieder in der Schar der Siebzig, die Jesus durch Palästina folgten. Er schaute Gandhi, die Hände zum Friedensgruß erhoben, und er fand ihn wieder, zu Füßen des Buddha sitzend, an seiner Seite Krishnamurti, den stillen Weisen mit dem Schwert der Unterscheidung in Händen. Hölderlin sah er dichtend und Goethe und Shakespeare, doch nicht in Deutschland oder England, sondern unter gleißender Sonne in griechischen Hainen. Pythagoras fand er dort, den er gut kannte in späterer Zeit und unter anderem Namen. Und weiter zurück ging sein Blick, und immer wieder sah er vertraute Gesichter in wechselnden Gewändern – Dichter und Maler, Heerführer und Ärzte, Weise und Krieger. Auch die göttlichen Boten waren unter ihnen, und unendlich segensreich zeigte sich ihm ihr Wirken. Nicht allein ihre Lehre und ihr Leben waren von Bedeutung, mehr noch die geistigen Lichtkräfte, die sie wie Samenkörner in den Schoß von Mutter Erde säten. Sie erblühten durch die Jahrtausende und brachten mannigfaltige Ernte.

Während Myrrdhin durch die Zeit wanderte und den Botschaftern des Lichtes begegnete, tauchte aus der Fülle der Bilder eine Gestalt auf. Sie saß unter einem Bodhi-Baum, die Beine gekreuzt, in tiefe Meditation versunken. Dem Sein und dem Nichts galt sein Denken, und Myrrdhin vernahm in seinem Herzen seine eigenen Worte; vertraute Worte, Worte voller Tiefe, Worte, die durch die Jahrtausende wandern sollten.

Einst gab es weder Sein noch Nichtsein,
Die Lüfte gab es nicht und nicht den Himmelsraum.
Was lebte hier, was lebte dort?
Wo lebte es, wenn überhaupt,
Und unter wessen Obhut?
War Leben in des Wassers unergründlich tiefer Tiefe?

Tod herrschte nicht, auch nicht Unsterblichkeit,
Noch fand man Tage oder Nächte.
Vom eignen Atmen nur erfüllt war EINES,
Kein zweites fand sich außer Diesem.

In Finsternis verborgen war das Dunkle,
Unerkennbar tiefe Flut.
Von Leere umhüllt des Lebens Kräfte,
Nur innrer Drang hob ins Dasein das EINE.

Liebe wurde geboren aus erstem Denkens Samen,
Verborgen in Herzenskammertiefen
Erspürten in tiefer Stille die Weisen nur,
Das Band der Liebe – vom Sein zum Nichts.

Richtband – geknüpft durch alle Welten.
Doch gab es Unten denn und Oben?
Samenfunkensaat und Wachstumskraft,
Empfängnis hier, Gewähren dort.

Wer weiß es, wer kann es verkünden,
Woher die Schöpfung kam,
Wo ihren Anfang sie genommen?
Die Götter kamen später erst,
Als alles schon geworden.
Wer weiß die Antwort, kennt den Anbeginn?

Am Schöpfungsmorgen,
War da jener tätig,
Der ihr Hüter heute ist,
Der Wächter in der Sphären Glanz?
Er weiß es, muß es wissen –
Oder weiß auch er es nicht?

Ein Lächeln überzog Myrrdhins Gesicht, als er dem Gedankenflug des vedischen Rishis, des großen Sehers der Vorzeit, lauschte. Manche Erkenntnis hatte er seit jenem Leben gesammelt, doch die großen Fragen harrten noch wie eh und je auf ihre Antworten. In die Stille seiner Gedanken fielen Astramis' Worte: »Folge mir nach!«

Wieder fühlte Myrrdhin die gewaltige kosmische Kraft, die ihn emporhob und in unendliche Weiten zog. Immer weiter schienen sie sich von der Erde zu entfernen, deren Licht schon fast in der Tiefe des Universums verlosch. Die kosmische Nacht umgab Myrrdhin. Schweigen – unsagbar tief.

In sich versunken verharrte Myrrdhin. Außer ihm schien es nichts zu geben. Weltennacht. –

Kein Ton erweckte die Stille und doch erspürte Myrrdhin die Gegenwart einer unsagbar mächtigen Kraft. Sie umfing ihn und alles, was war und je sein würde. In dieser Kraft wurde Myrrdhin verwandelt und durchlichtet. Die Kraft war Licht, und das Licht war das Leben des Universums. Es war innen und es war außen. Immer stärker wurde die Lichtflut, und Myrrdhin erkannte, daß er die Morgenröte eines neuen Weltentages erlebte. Aus der Nacht der Zeiten wurde ein neuer Tag geboren. Ein neuer Tag – und doch schon immer gegenwärtig im ewigen GEIST. Nie würde der Lichtstrahl seine Quelle erkennen. Unendlich wird Zeit Ewigkeit offenbaren, wird Weltentag auf Weltennacht folgen. Aus Liebe geboren, in Liebe geborgen. Zur Liebe berufen war alles Leben. In die Liebe würde alles Leben zurückkehren, eintreten ins Licht – doch nie würde es die Flamme berühren.

Versunken in seine Meditation, verspürte Myrrdhin einen Hauch, einem Windzug ähnlich, als zögen himmlische Schwäne in der Ferne vorbei. Doch keine Schwäne zogen ihre Bahn, vielmehr umfing ihn der Lebensodem des Weltenbaumes. Aus Weltentiefen geboren, schaute Myrrdhin den *Baum des Lebens*, dessen Krone sich in ferne Sternenwelten erstreckte und dessen Wurzeln sich in unsagbaren Tiefen verloren. Er erinnerte sich an die Visionen der großen nordischen Seher auf der Erde, die von Yggdrasil, der Weltenesche, gekündet hatten. War auch ihnen diese Schauung zuteil geworden?

»Du hast die Antwort bereits gefunden«, vernahm Myrrdhin die vertraute Stimme von Astramis.

»Schon vor Dir schauten die wissenden Seher den Baum des Lebens. Doch nun habe acht, mein Sohn!«

Myrrdhin erschaute noch immer den Weltenbaum, doch ein Teil seiner Äste schien sich zu verdunkeln. Die Zweige und Blätter verdorrten, fielen ab und verloren sich in der Unendlichkeit. Ein tiefer Schmerz erfüllte Myrrdhin und eine Ahnung von Geschehnissen aus unsagbar ferner Vergangenheit stieg in ihm auf. Er richtete seine Aufmerksamkeit auf die fallenden Blätter und folgte ihrem Weg durch das All. Ganz allmählich veränderten sie sich, nahmen Formen an, verdichteten sich und wurden – zu Planeten. Myrrdhin begann zu verstehen. Die Weltenesche war nur ein Gleichnis. Yggdrasil stand für das Leben im Einklang mit dem göttlichen Plan, und aus diesem Plan mußte sich ein Teil gelöst haben. Mit dem Erkennen des Geschehens begann sich der Weltenbaum aufzulösen – und Astramis stand Myrrdhin gegenüber.

»Du hast tief beobachtet«, sprach sein Meister zu ihm. »Mehr zu enthüllen, ist mir nicht gestattet. Du hast erkannt, daß einmal sich ein Teil des Lebens vom Ganzen gelöst hat. Da aber alles Leben eines ist, bleibt letztlich alles geborgen im »Garten des Einen«. Und doch erfüllt ein anderes Schicksal jene Zweige des Weltenbaumes. Hier liegt der Ursprung für vieles, was an Leid Dir in Deinem Erdenleben begegnete. Liegt es auch in Weltenferne, so ist die Saat aus jenem Geschehen doch aufgegangen. Einst schauten Erdenseher das Ereignis in anderen Bildern und sprachen vom »Bruch der Gefäße«. Die Krüge mit Lebenswasser waren zersprungen, seine kostbaren Tropfen vergossen. Sie müssen nun gesammelt werden in neuen Kelchen. So werden sie erlöst und neugeboren.«

Myrrdhin verstand. Einst war eine Lebenswoge aus der göttlichen Ordnung herausgetreten, hatte die geschöpfliche Freiheit mißbraucht. Um nicht aufgelöst zu werden, bedurfte es neuer Wege des Wachstums. Die Erde war einer von ihnen.

Myrrdhin erwachte wie aus einem tiefen Traum, als Astramis ihn mit seinem Stab berührte und sprach: »Komm, es ist Zeit.« Er spürte, er mußte zurückkehren, um seine Aufgaben zu erfüllen.

Wieder ergriff er den Stab von Astramis, und diesmal überkam ihn die Empfindung, als würde er immer schwerer werden und in eine endlose Tiefe fallen. So kehrte er mit Astramis zurück zur »Sternenkuppel«.

»Du hast das Netz der lichten und der dunklen Fäden gesehen. Hüte Dein Wissen, teile es nur mit denen, die bereit dafür sind, und folge Deinem inneren Stern. Die Zeit der Dunkelheit ist vorüber, der neue Weltentag bricht an. Aber vergiß nicht, daß noch immer Werkzeuge, machtvolle Werkzeuge des Schattens wirken. Baue mit am neuen Weltenbaum. Säe Samen der Liebe!«

Dies waren die letzten Worte, die Myrrdhin von Astramis vernahm. Dann spürte er wieder das weiße Feuer – und befand sich in seinem Körper, im »Turm der Stille«.

Der Vollmond warf noch sein letztes Licht auf den Irisin, ehe er weiter seine Bahn zog. Myrrdhin folgte ihm noch für einen Augenblick, dann schloß er die Augen.

3. Lichtwelten

Die Tage wurden kürzer und die Nächte länger. Der kalte Wind des Winters näherte sich Caerverock Castle, und er schien eisige Frosttage zu verkünden. In allen Zimmern des Schlosses entzündeten Myrrdhin und Myrronia wärmende Feuer, und es verwunderte manchen Besucher, der aus der klirrende Kälte in die Räume von Caerverock Castle eintrat, welche wohlige Wärme ihn umfing, obwohl Schneestürme mit schneidenden Winden an den Türmen zerrten und die Mauern bestürmten. Caerverock Castle blieb unberührt von den Gewalten des Winters.

Der Schnee lag kniehoch, als Myrrdhin mit Borga, seiner wuseligen Sheltie-Hündin, den Weg vor dem Schloß erreichte. Borga, die ebenso gescheit wie verspielt war, kugelte sich mit sichtlichem Vergnügen im Schnee. Myrrdhin liebte diese feine Hundeseele, die sich bereits dem Ende ihrer Tierevolution näherte. Sie besaß ihren eigenen Kopf und ließ sich, selbst von Myrrdhin nicht, kaum erziehen. Andererseits bestand offensichtlich auch keine große Notwendigkeit dafür, denn Borga spürte eine so tiefe Verbindung zu dem Deva, der über ihrem Hundeleben wachte, daß sie für Myrrdhin eine wunderbare kleine Wegbegleiterin war.

Langsam stapften sie durch das weiße Paradies, Borga manchmal ihrem Herrn folgend, wenn sie sich in seinen Fußspuren etwas ausruhen wollte, manchmal aber auch voller Übermut ihm voraus durch den tiefen Schnee tollend. Sie schien den Weg zu ahnen. Es war der Tag der Wintersonnenwende, und Myrrdhin wollte einen alten Menhir-Stein aufsuchen, den genau zur Mittagszeit ein Strahl der Sonne berührte.

Noch jagte der kalte Nordwind eine Horde ungezogener Wolkenkinder vor sich her, doch dazwischen flammte gelegentlich ein Strahl der Sonne auf und ließ die Schneedecke in silbernem Glanz aufleuchten.

Myrrdhin verharrte für einen Augenblick und ließ sein Bewußtsein mit dem Sonnenstrahl eintreten in das weiße Meer. Er verband sich mit den Schneekristallen und ließ seinen Geist durch ihr glitzerndes Reich wandern. Es berührte ihn stets tief, wenn er die unendliche Vielfalt an Formen und Farben in der Welt der Schneekristalle betrachtete. Eine einzigartige Intelligenz waltete in diesem Reich, gestaltet und zum Ausdruck gebracht von winzigen Elementargeistern, deren ganze Freude es war, ihre Welt auszuschmücken. Schönheit war das Werkzeug ihres geistigen Fortschrittes. Die Wesen der Schneekristalle gehörten zum Reich der Naturgeister, und sie wurden von höher entwickelten Elfen und Sylphen angeleitet. In dem Maße, wie sie sich öffneten für die Energien von Schönheit und Reinheit und diese in ihrem Wirken zum Ausdruck brachten, vollzog sich ihr Reifeprozeß. Im formenden Verzieren und Verschönern schritten sie voran, um allmählich in eine höhere, bewußtere Welt einzutreten.

Allmählich zog Myrrdhin sein Bewußtsein aus der Welt der Schneekristalle zurück und konzentrierte sich wieder in seinem Erdenkörper. Borga stand neben ihm und schaute Myrrdhin erwartungsvoll an, ob es nun endlich weitergehen würde. Sie kannte diesen Augenblick, wenn Myrrdhin in eine andere Welt eintrat, und empfand es dann stets als ihre besondere Aufgabe, ihren Herrn zu bewachen. Aber jetzt konnte sie es wirklich nicht mehr erwarten, weiter durch die Winterlandschaft zu jagen.

Es war kein weiter Weg mehr bis zum großen Menhir, und nach einer halben Meile erblickten sie ihn auf einer Anhöhe. Der Wind, der hier ungehindert seine Kraft entfalten konnte, hatte den Schnee zu kleinen Pyramiden aufgetürmt, in denen Myrddhin und Borga, zu derem größten Vergnügen, teilweise bis zur Hüfte einsanken.

Die Sonne hatte fast schon den höchsten Stand erreicht und versteckte sich noch hinter einigen Wolkennachzüglern, die der wilden Schar von vorher hinterherjagten. Dann waren auch diese verschwunden, und genau zur Mittagsstunde umspielten die goldenen Strahlen den mächtigen alten Stein, der wie ein ehrwürdiger Patriarch einer anderen Zeit den Sonnengruß entgegennahm.

Der Menhir wies in seiner Mitte zwei verwitterte, offensichtlich uralte Ornamente auf. Sie waren etwa handgroß, und Myrrdhin berührte das untere von ihnen, während seine Augen sich der Sonne zuwandten. Als seine Hand die Verzierung spürte, leuchteten im Glanz der Sonne sieben Lichtpunkte auf. Sie bewegten sich und bildeten die Form eines Schwanes. Es waren ihrer sieben an der Zahl. Sieben goldene Schwäne – die sieben Hüter des Steines. Nur wer sie erschaute, durfte zu Recht sich dem Geheimnis des Menhirs nähern. Myrrdhin wußte um die sieben Hüter und um den Flug der goldenen Schwäne; aber auch er unterstand dem Gesetz und mußte die Rechtmäßigkeit seines Besuches erweisen. Langsam verblaßte die Erscheinung, und Myrrdhin zog seine Hand zurück. Jetzt war das Ornament nicht mehr nur verwitterter Stein, sondern es leuchtete und zeigte sieben Schwäne, in der gleichen Formation, wie Myrrdhin sie im goldenen Licht der Sonne erschaut hatte. Doch nur wenige Augenblicke funkelte das heilige alte Ornament, dann verlosch das Licht, und für den unwissenden Betrachter blieb nur eine alte, verwitterte Steinverzierung zurück.

Nachdem der letzte Lichtfunken verblaßt war, hob Myrrdhin zum zweiten Mal seine Hand, um sie diesmal auf die höhere der beiden Verzierungen zu legen. Diese Berührung schien den Stein zu verwandeln. Er wurde lichter, fast durchsichtig. Unter der Hand Myrrdhins leuchteten in dem Ornament zwei Flügel auf, und im selben Augenblick wurde in dem alten Menhir eine geflügelte Lichtgestalt sichtbar. Sie erstrahlte im Glanz einer überirdischen Schönheit, und was wie Flügel ausgesehen hatte, erwies sich als pulsierendes Energiefeld.

»Myrrdhin grüßt die ›Prinzessin der Sonnenflügel‹ und bittet um die Botschaft für das kommende Jahr.«

»Willkommen, mein Bruder. Der Segen der Lichtwelten sei mit Dir. Ein Jahr der großen Veränderungen wartet auf Dich. Du hast die Zeichen gesehen. Du hast die Botschaften vernommen – und Du wirst dem nächsten Treffen der «Sternenbruderschaft« beiwohnen. Dieser Planet tritt in eine neue Phase ein, und es wird Deine Aufgabe sein, das Große Gesetz zur Erfüllung zu bringen. Meine Botschaft betrifft heute nicht dieses Land, wie es früher stets der Fall war. Sie soll Dich vielmehr leiten durch schwere Zeiten. So beachte diese Worte mit Bedacht, als Diener der Bruderschaft: »Folge dem Klang der auradischen Harfe, und sei auf der Hut vor dem Herrn des Schattens! Bewahre diese Botschaft in Deinem Herzen, und nimm diese Gabe entgegen, mein Geschenk an Dich. Es wird Dir helfen in Zeiten der Prüfung, denn es verbindet Dich stets mit dem LICHT.«

Myrrdhin spürte eine sanfte Berührung seiner Hände, wie das wärmende Streicheln eines Frühlingssonnenstrahles. Seine Handflächen öffneten sich nach oben, und etwas Schweres senkte sich hinein. Während seine Finger diese kostbare Gabe umschlossen, wurde das Licht des Menhirs allmählich schwächer, und die leuchtende Gestalt zog sich in eine höhere Wirklichkeit zurück. Ganz leise vernahm Myrrdhin noch die Worte: »Es ist das ›Auge der Seele‹!« Dann war die Verwandlung abgeschlossen, und vor ihm stand wieder der steinerne Patriarch. Myrrdhin betrachtete das Geschenk in seiner Hand. Es war ein wunderschöner, rot-golden funkelnder Edelstein, der aus einem Felsen herauswuchs. Wenn man in seine Tiefen schaute, schien sich der Blick in die Unendlichkeit des Universums zu verlieren.

Myrrdhin verbarg das »Auge der Seele« in seinem Gewand, nickte Borga aufmunternd zu, die alles interessiert beobachtet hatte, und machte sich auf den Weg zurück nach Caerverock Castle.

4. Der Pfad der Einweihung

Schon während er sich mit Borga durch den Schnee zurück nach Caerverock Castle kämpfte, dachte Myrrdhin über die zahlreichen Botschaften der letzten Zeit nach. Er wußte aufgrund seiner astrologischen Berechnungen, daß der Anbruch eines neuen Weltentages dicht bevorstand. Dann ließ er in seinen Gedanken noch einmal die Begegnung mit Astramis vorüberziehen, als der Vollmond im Widder stand, der ihm das Ende der Zeit der Dunkelheit verkündet hatte. Heute nun hatte er die prophetischen Worte der »Prinzessin der Sonnenflügel« vernommen, die sich ihm noch nicht völlig erschlossen hatten. Was mochte es mit der »auradischen Harfe« auf sich haben? Nie zuvor hatte er diesen Namen vernommen. Seine Hand legte sich bei diesen Gedanken wie von selbst auf das »Auge der Seele«, und eine tiefe Ruhe und Gewißheit überkam ihn. Er wußte, er würde die Antwort finden, und der Pfad würde sich aufhellen.

Nachdem er Borga versorgt hatte, die inzwischen mehr einem kleinen Eisbären ähnelte als einem Sheltie, da überall kleine gefrorene Schneeklumpen in ihrem Fell hingen, zog er sich in den »Turm der Stille« zurück. Lange saß er in der Bibliothek, um in den heiligen Schriften etwas über die »auradische Harfe« zu erfahren, doch alles Suchen blieb ergebnislos. Er schloß eine der alten Chroniken und blickte lange auf das »Auge der Seele«, das im flackernden Schimmer des Kerzenlichtes geheimnisvoll leuchtete. Es schien aber nicht der widergespiegelte Kerzenschein zu sein, sondern der Edelstein funkelte aus sich heraus, gleichsam von einer inneren Flamme erhellt.

Myrrdhin nahm das »Auge« in die Hand. Vielleicht lag in ihm die Antwort verborgen? Er ergriff den Stein, stellte die alten Schriften zurück und schloß die Bibliothek. Langsamen Schrittes begab er sich hinauf in die »Sternenkuppel«. Er ließ sich auf dem Meditationskissen nieder und setzte das »Auge« behutsam vor sich auf den Boden. Er wollte zuerst eine Kerze anzünden, doch dann erschien ihm dies unnötig. Der geheimnisvolle Edelstein erhellte mit seinem Feuerglanz bereits das Zimmer. Myrrdhin richtete sein Bewußtsein ganz auf das «Auge der Seele« – und begann, eins mit ihm zu werden. Er trat ein in sein Licht und spürte, wie er weit, in ferne Zeiten zurückgezogen wurde.

Er sah noch einmal die große kosmische Lebenswoge, den Weltenbaum und das Werden und Vergehen von Universen. Planeten und Sonnen nahmen Gestalt an und zerfielen zu Staub oder verglühten in unendlichen Weiten. Dann schien sich seine Vision zu begrenzen, endlicher zu werden – irdischer. Er erschaute, gleichsam über der Landschaft dahinfliegend, eine paradiesische Natur. Wiesen und Täler, große Ströme und kleine Bäche, Hügel und schneebedeckte Berge zogen unter ihm dahin. Am Fuße eines gewaltigen Bergmassives fiel sein Blick auf ein kleines Dorf, und in Gedankenschnelle war sein Bewußtsein mit den Menschen dieser Gemeinschaft verbunden.

Es waren einfache Menschen, die Ackerbau und Viehzucht betrieben. Sie lebten in enger Verbindung mit der Natur, mit Ehrfurcht und ein wenig Angst vor den Wesen, den Naturgeistern, die über ihren Wachstumsprozessen wachten. Ihre Naturreligion war schlicht, aber rein und frei von allen Einflüssen der Dunkelheit.

Eine der Hütten hob sich etwas ab von den anderen, in ihr lebte der Dorfälteste, der zugleich Priester und Heiler war. Myrrdhin erblickte einen Mann, der offensichtlich einen Schüler unterrichtete. Er verband sich mit ihrem Bewußtsein, und für einen Moment erschrak er, als er erkannte, daß er dieser Schüler war. Er war weit zurückgewandert, um die Spuren seines eigenen Lebenspfades zu finden. Die beiden Männer sprachen miteinander, und Myrrdhin erfuhr, daß der jüngere vorbereitet wurde, um seine Einweihungsreise anzutreten.

»Deine Zeit ist gekommen, mein Sohn. Du mußt nun Dir und dem Dorf beweisen, daß Du leben kannst, was Du gelernt hast. So begib Dich in die Berge, um den Donnergeistern zu widerstehen. Wenn Du zurückkommen wirst, sollst Du mein Nachfolger werden.«

Der junge Mann dankte dem alten Lehrer, warf sich sein Bündel auf den Rücken und machte sich auf den Weg. Die Dorfbewohner blickten ihm scheu, doch voller Erwartung nach, und auf dem Weg aus dem Dorf hörte er oft die etwas ängstlichen Worte: »Die Donnergeister, die Donnergeister. Mögen die Donnergeister ihn verschonen.«

Er kannte die Angst, die im Dorf vor den Donnergeistern herrschte, doch er hatte gelernt, was es mit ihnen auf sich hatte; und er war zuversichtlich, sie überwinden zu können.

Myrrdhin folgte dem jungen Einweihungsschüler. Er spürte dessen Gedanken und Gefühle, seine Hoffnungen und Ängste – und ein Lächeln des Verstehens überzog sein Gesicht. Auch in seinem höheren Bewußtsein blieb Myrrdhin doch Mensch.

Die Landschaft wurde rauher und felsiger, die Luft dünner und kälter. Der junge Mann fröstelte ein wenig, eher innerlich als äußerlich. Er wußte, daß die steil und zerklüftet vor ihm aufragenden Felsen sein Ziel waren – das «Silberzacken-Gebirge«.

Je höher er stieg, desto unheimlicher wurde ihm. Die Luft wurde nicht reiner, sondern bedrückender. Etwas Bedrohliches schien zum Greifen nahe. Er wußte, daß ihn sein Meister vor dieser aufkommenden Angst gewarnt hatte, aber er hatte nicht geahnt, daß sie so beklemmend sein würde. Er zögerte einen Moment und überlegte, ob er nicht zurückgehen sollte. Noch konnte er ungefährdet umkehren. Dann dachte er aber an das Versprechen, das er seinem Lehrer gegeben hatte und an die Aufgabe, die ihn nach bestandener Prüfung erwartete; und er setzte entschlossen den Fuß auf den nächsten Felsbrocken.

Völlig unerwartet traf ihn dann das Unwetter. Ganz plötzlich war es stockfinster geworden, und aus einem pechschwarzen Himmel zuckten wilde Blitze. Sie schlugen in seiner Nähe ein, und losgebrochene Steine prasselten in die Tiefe. Dann brach sich der ohrenbetäubende Lärm der Donnerschläge in den engen Schluchten. Dies allein hätte schon genügt, um auch dem Tapfersten den Angstschweiß auf die Stirn zu treiben, doch zusätzlich spürte der junge Kletterer jetzt auch die Gegenwart feindlicher Wesen, die mit eiskalten Händen nach seinem Herzen zu greifen schienen. Ihr tödlicher Atem wirkte geradezu lähmend auf ihn, und nur mit äußerster Kraft gelang es ihm, den Gipfel des Felsens zu erklimmen. Alles, was er gelernt hatte, schien angesichts der Wirklichkeit der Bedrohung nutzlos. Er konnte seinen Geist nicht sammeln, und die Angst schüttelte ihn. Was ihn allein vorwärtstrieb, war eine kleine Flamme in seiner Brust. Er wußte nicht, wann er sie zuerst verspürt hatte, aber sie allein gab ihm die Kraft, sich vorwärts zu kämpfen. Als er endlich zitternd den Gipfel erreicht hatte, sah er im Norden eine enge Schlucht liegen, die als einzige nicht von den pechschwarzen Wolken überzogen war. Dies mußte der Ort sein, wo er den »Alten der Schlucht« finden konnte, zu dem ihn sein Lehrer gesandt hatte.

Er mußte vom Gipfel des Felsens absteigen und einen schmalen, gefährlich aussehenden Grat queren, um von dessen Ende in die Schlucht einsteigen zu können. Die scharfen Felsen zerschnitten ihm Hände und Beine, aber die Kraft der Flamme trieb ihn vorwärts. Das Ende des Felsens war erreicht, und eng an die feuchten, rissigen Felsen gekrallt, versuchte er, den Grat zu passieren. Er mochte die Hälfte überwunden haben, als eine grünlich-graue Ne-

Im Silberzacken – Gebirge

belwolke sich über ihn senkte. Er sah sie kommen, hielt sie aber für eine natürliche Erscheinung des Unwetters. Doch dies war eine Täuschung. Gar-Ling, der oberste der Donnergeister, näherte sich ihm.

Myrrdhin, dessen Bewußtsein fast völlig eins mit dem jungen Schüler geworden war, spürte, wie dessen Atem flacher wurde. Etwas schien ihn wie einen Schraubstock zusammenzudrücken und zu lähmen. Plötzlich wurde der Wunsch immer stärker, einfach loszulassen und in die Tiefe zu sinken. Dort würde Frieden herrschen. Schon begannen sich seine Finger von den Felsen zu lösen, als die Flamme in seiner Brust plötzlich aufloderte, und in einem Moment völliger Bewußtseinsklarheit erkannte der junge Mann sein Gegenüber. Er spürte den Haß und die Woge der Zerstörung, aber sie besaß keine Gewalt mehr über ihn. Jetzt erinnerte er sich auch der Lehre seines Meisters, der Macht der Donnergeister mit dem Licht seines Herzens zu trotzen. Er konzentrierte sich in seiner Mitte und sandte einen flammenden Strahl vor sich her. Sofort begann sich die Nebelwand zu lichten und gab eine Art Tunnel frei, die der Flammenstrahl in die grau-grüne Wand brannte. Rasch folgte der junge Mann dieser Lichtspur und erreichte nach kurzer Zeit den Eingang der Schlucht. Hinter ihm ballte sich die Nebelwolke erneut zusammen, und eine Woge haßerfüllter, wütender Enttäuschung wehte ihm nach, doch schien sie am Eingang zur Schlucht, wie vor einer unsichtbaren Wand, wirkungslos abzuprallen.

Die Schlucht wirkte freundlich und einladend, nicht so bedrohlich und furchterregend wie die anderen Teile des »Silberzacken-Gebirges«. Nach der Beschreibung des alten Priesters mußte der »Alte der Schlucht« in einer Höhle auf der Westseite wohnen. Und wirklich, auf halber Höhe erblickte der junge Einweihungsschüler einen Höhleneingang, vor dem ein schwaches Licht brannte. Ein schmaler, dem Felsen abgerungener Kletterstieg führte zu ihr hinauf.

Myrrdhin beobachtete den jungen Mann bei seinem Aufstieg,

und in seiner Seele dämmerte eine ferne Erinnerung herauf, was den tapferen Kämpfer erwartete.

Dieser hatte den Höhleneingang erreicht. Er war etwas außer Atem und rief mit nicht sehr kraftvoller Stimme, die aber auch ein wenig vor Ehrfurcht zitterte: »Ehrwürdiger Hüter der Schlucht, darf ich eintreten?«

Er lauschte, und aus der Ferne vernahm er die Worte: »Tritt ein!«

Allmählich gewöhnte er sich an die Dunkelheit und tastete sich vorwärts. Die Höhle weitete sich, und nachdem er einen niedrigen Torbogen durchschritten hatte, erblickte er den «Alten der Schlucht«. Lange silbrige Haare fielen auf seine Schultern, und ein schlohweißer Bart ließ ein ohnehin schon schmales Gesicht noch länger wirken. Der alte Mann trug eine Art Hut, besser vielleicht als Samtkappe beschrieben, die in der Mitte von einem Diamanten verziert wurde. Die Augen hielt er geschlossen.

»Du hast einen guten Kampf bestritten. Willkommen im Silberzacken-Gebirge. Du hast Dich als würdig erwiesen, die Einweihung zu empfangen. Nimm Platz!

Die Donnergeister wollten Dein Kommen verhindern; aber Du bist der Flamme treu geblieben. Wohl hast Du getan.«

»Wer sind die Donnergeister in Wirklichkeit?« die Frage brannte dem jungen Sucher auf den Lippen.

Der weise Alte schwieg einen Augenblick, ehe er antwortete.

»Die Donnergeister sind wie Du und Ich, Licht von Seinem LICHT, Geist von Seinem GEIST. Es sind geschaffene Wesen, die beim ›Bruch der Gefäße‹, am Anbeginn der Zeiten, den Weg des Stolzes, den Weg der Verneinung beschritten. Auch sie werden einst aus der Unwissenheit zur Weisheit finden. So, wie es Dir gelang.«

»Ihr meint, auch ich gehörte einst zu den Donnergeistern?«

»Die Donnergeister sind nur eine der vielen Formen, welche die Wesen der Schatten angenommen haben. Sie sind gebunden, aber doch frei genug, um jene zu prüfen, die ihren Einflußbereich verlassen wollen. Du hast jetzt für immer ihre Welt verlassen und mußt nie mehr den Kampf mit ihnen bestehen. Andere Prüfungen warten auf Dich. Aber um Deine Frage nicht ohne Antwort zu lassen, Du hast Recht, auch Du kommst aus einer unerlösten Welt und mußt den Weg zurück ins LICHT suchen – geführt von der Flamme in Dir, aber doch auch aus eigener Kraft. Kraft und Willensfreiheit bleiben immer Dein, sie sind ein Geschenk von Urbeginn. Nutzt Du sie recht, führt Dein Weg ins Licht; mißbrauchst Du sie, errichtest Du Mauern aus Schatten.«

Myrrdhin erinnerte sich an die Worte des »Alten der Schlucht«. Sie klangen aus großer Seelenferne zu ihm herauf. Er hatte ihn sogleich wiedererkannt, als er dem jungen Mann in die Höhle gefolgt war. Der »Alte« war ein Gesandter von Astramis, und Myrrdhin war ihm in den inneren Welten schon einige Male begegnet, ohne sich aber an sein früheres Leben zu erinnern, als er zu seinen Füßen gesessen hatte, in jener Höhle in der »Silberzacken-Schlucht«.

Der junge Schüler verbrachte eine lange Zeit beim »Alten der Schlucht« und wurde in die Geheimnisse der Natur und des Heilens eingewiesen. Als aber die Zeit gekommen war, sandte er ihn zurück in sein Dorf, um dort seinen Pflichten zu folgen. Er traf seinen alten Lehrer, der sich sehr freute, ihn zu sehen. Dieser übergab ihm sein Amt und zog sich dann selbst in die Berge zurück, um seinen abgetragenen Körper zu verlassen.

Myrrdhin zog sein Bewußtsein langsam aus dieser Zeit zurück und wollte in den »Turm der Stille« zurückkehren. Plötzlich erschien aber ein Falke vor seinem inneren Auge, und Myrrdhin hielt inne. Er sammelte sich erneut und richtete seine Aufmerksamkeit auf das majestätische Tier.

»Ich bin Dragormu, ein Diener des »Auges der Seele«. Meine Herrin sendet mich zu Dir, um Dich noch einmal auf den Schwingen der Zeit reisen zu lassen. Bevor Du für das Kommen des neuen Weltentages wirkst, sollst Du das Gewesene in voller Klarheit überschauen.«

Der Falke Dragormu

Myrrdhin erkannte bei diesen Worten, daß auch der Falke Dragormu die Sonnenflügel besaß, die ihn als Boten der »Prinzessin« auswiesen. Er sollte ihn also noch einmal in die Vergangenheit begleiten. Wohin mochte die Reise durch die Zeit wohl diesmal führen?

Myrrdhin verschmolz mit Dragormus Wesen und spreizte sein Bewußtsein gleichsam über dessen Flügel aus. Wieder flogen die Bilder und Geschehnisse von Weltaltern an ihnen vorbei. Große Kulturen und mächtige Reiche blühten auf und versanken wieder im Staub der Zeitalter. Weisheit und Unwissenheit lebten Tür an Tür – aber sie begegneten sich nicht. Fremde Geschwister, sehend die eine, aber geblendet die andere.

Wie schon bei der Reise zum »Alten der Schlucht«, wurden auch auf den Schwingen Dragormus die Bildfolgen allmählich langsamer, die Einzelheiten deutlicher, die Szenen persönlicher.

Sie schwebten diesmal über einer Meeresküste in südlichen Gefilden. Lange Sandstrände erstreckten sich an den Küsten und gingen langsam über in kleine Olivenwälder und Weingärten. Es war eine sanfte Landschaft, voller Frieden und Schönheit. Zum großen Teil war das Land nur spärlich bewohnt, vereinzelte weiße Häuser und kleine Zeltdörfer. Dann aber tauchten in der Ferne die Umrisse einer Stadt auf, und diese schien Dragormus Ziel zu sein. Weißer Kalksandstein und rote Ziegel prägten ihre Silhouette. Den Mittelpunkt bildete ein Tempelgebäude in strahlendem Weiß, gekrönt von einer goldenen Kuppel. Die Straßen der Stadt liefen alle auf den Tempel zu, so daß aus der Perspektive von Dragormu der Tempel einer Sonne glich, die ihre Strahlen über alles Leben ergoß.

Dragormu glitt in sanften Schwüngen hinab, und Myrrdhin ließ seine Wahrnehmungskraft den Tempel durchdringen. Die Schwingung war rein, die Kraft der Anbetung auf das höchste Licht gerichtet, symbolisiert durch die ewige Flamme im Allerheiligsten. Es waren nur drei Menschen im Tempel, einer von ihnen schien der Hohepriester zu sein.

»Ehrwürdiger Charin, der Herrscher läßt sich nicht umstimmen. Er will den Segen des Tempels für seinen Feldzug. Auch wenn er selbst nicht an das LICHT glaubt, so fürchtet er doch, seine Krieger würden aus Angst den Befehl verweigern. Daher verlangt er von Euch, in einer feierlichen Zeremonie den Feldzug zu segnen.«

»Niemals wird Charin dies tun. Der heilige Tempel verurteilt den Machtwillen eines gierigen Despoten, der aus schnöder Gewinnsucht grenzenloses Leid über zwei Völker bringen will. Niemals werden wir uns seinem Willen beugen. Geht, und teilt ihm diesen Entschluß mit!«

Die beiden Tempeldiener verbeugten sich ehrfurchtsvoll und zogen sich bedrückt zurück. Es würde kein angenehmer Weg sein, diese Botschaft des Hohenpriesters im Palast zu verkünden.

Während die beiden Boten Charins sich auf die Reise begaben, konzentrierte Myrrdhin sich auf die Gestalt des Hohenpriesters. Schon beim ersten Anblick ahnte er die Wahrheit, sich selbst in der Gestalt Charins zu begegnen.

Dieser versuchte vergeblich, seine innere Ruhe zurückzugewinnen. Schon seit Jahren schwelte der Konflikt zwischen dem Tempel und dem Palast; aber bisher war es Charin noch immer gelungen, die größten Übel von seinem Volk abzuwenden. Das sinnlose Abenteuer eines blutigen Feldzuges durfte unter keinen Umständen stattfinden.

Gedankenverloren starrte Charin auf die ewige Flamme. Durfte er eingreifen? Es lag in seiner Macht, den Herrscher zu bezwingen; aber besaß er auch den Auftrag dazu? Er senkte seine Blicke tief in die Flamme, als wollte er eine Antwort erzwingen – aber die Flamme schwieg. Die Verantwortung lag in seinen Händen.

Endlich löste er sich aus seiner Erstarrung und ging in die Kuppelhalle zurück. Er hatte seinen Entschluß gefaßt. Er würde mit seiner geistigen Kraft den Herrscher zwingen, von seinem Plan abzulassen.

In seiner Entschlossenheit rief er einige der Tempeldiener herbei und trug ihnen etliche Pflichten auf. Als sie von ihren Aufgaben erfuhren, erschraken sie, denn sie erkannten sofort, was Charin beabsichtigte. Er wollte das »geheime Ritual« zelebrieren, das erst dreimal in den heiligen Mauern stattgefunden hatte. Jedesmal aber, und dies wußte Charin natürlich, hatte er dafür den Auftrag der Flamme erhalten.

Schon nach wenigen Stunden waren die Vorbereitungen abgeschlossen. Charin sammelte sich kurz, um dann mit den Anrufungen zu beginnen. Die Atmosphäre verdichtete sich in wenigen Augenblicken, und entgegen den sonstigen Tempelfeierlichkeiten nahm sie etwas Bedrohliches an. Für einen Moment hielt Charin zweifelnd inne, dann fuhr er fort. Er wollte nur das Volk retten, seine Absicht war lauter.

Das Ritual entfaltete sich, und immer dichter wurde die Dunkelheit im Tempel. Die anderen Priester zogen sich angsterfüllt in die Seitenkapellen zurück; aber Charin schien davon nichts mehr zu bemerken. Die heilige Flamme begann zu flackern, aber noch immer hielt der Hohepriester nicht inne. Plötzlich löste sich ein Flammenstrahl aus der Kuppel des Tempels, und wie ein Schwert durchschlug er den Kelch der Heiligen Flamme, die augenblicklich erlosch. Aus der vollkommenen Dunkelheit, die den Tempel erfüllte, erscholl eine gewaltige Stimme: »Unwürdiger, Du hast das heilige Gebot verletzt, und durch Deine Schuld erlosch die ewige Flamme. Begib Dich zur Heiligen Quelle und tue dort Buße. Erst dann sei es Dir gestattet, den Tempel wieder zu betreten.«

Für Minuten herrschte erstarrtes Schweigen im Tempel, und erst dann erwachte Charin zur Einsicht in sein gesetzwidriges Tun. Er hatte ein heiliges Gebot gebrochen, in guter Absicht zwar, aber aus eigenwilliger Entscheidung. Wie konnte das geschehen?

Die ewige Flamme war erloschen, der Tempel ohne geistige Führung. Es blieb ihm nur eines, die Buße sofort anzutreten und zu versuchen, die Flamme neu zu entzünden.

Am nächsten Morgen brach Charin auf, um die Heilige Quelle aufzusuchen. Sie wurde bewacht von den Sieben Sybillen, erleuchteten Frauen, die ihr Leben ganz dem LICHT geweiht hatten. Es würde etliche Tagesreisen dauern, bis er die Sybillen-Quelle erreichte, die auf einer kleinen Insel vor dem Festland lag.

Myrrdhin folgt Charin auf seinem schweren Weg, gebeugt vom Bewußtsein einer großen Schuld, und er fand in seiner Seele die Erinnerungen an dieses ferne Geschehen.

Nach einer mühevollen Reise erreichte Charin die Südküste. Von Ferne sah er bereits die Insel der Sybillen, und er hoffte, er würde Zugang erhalten. Es waren nur wenige Seemeilen zwischen dem Festland und der Insel, und so beschloß Charin, ohne einen Fährmann die Insel aufzusuchen. In einer Stunde sollte er sein Ziel erreicht haben. Die Sonne stand noch nicht sehr hoch, als sein kleines Boot vom Ufer ablegte. Mit kräftiger Hand führte er die Ruderstange und steuerte die Insel an. Schon bald lag das Festland ein gutes Stück hinter ihm, aber die Insel schien nicht näherzukommen. Er verdoppelte seine Anstrengungen, doch ohne sichtbaren Erfolg. Die Sonne brannte inzwischen mit unbarmherziger Gewalt auf ihn herab, und allmählich litt er unter großem Durst, da er für eine Stunde keinen Wasservorrat mitgenommen hatte. Schließlich brach die Nacht herein, und er sank erschöpft auf dem Boden des kleinen Bootes zusammen. Am nächsten Morgen erwachte er, und die Insel schien noch gleich weit entfernt wie am gestrigen Tag. Alles wiederholte sich wie am Vortag, und noch erschöpfter sank er am Abend in die Knie. Als auch der dritte Tag keinen Fortschritt brachte, erkannte er, daß er aus eigener Kraft die heilige Insel nicht erreichen konnte. Bevor er in einen tiefen, traumlosen Schlaf sank, bat er noch die Sybillen um Verzeihung und um Zutritt zur Heiligen Quelle.

Als die Morgensonne Charin begrüßte, wollte er gleich wieder nach der Ruderstange greifen, aber sein Hände berührten taufrisches Gras. Verwundert schaute er sich um und stellte fest, daß er auf einer Insel lag.

»Die Hüterinnen der heiligen Quelle grüßen den unglücklichen Charin.«

Erstaunt wandte sich Charin um und erblickte eine wunderschöne Frau mit langen goldblonden Haaren, gekleidet in ein schneeweißes, bis zu den Füßen reichendes Gewand. Dies mußte eine der Sybillen sein, erfaßte sein inzwischen vollständig wacher, wenngleich noch etwas erschöpfter Verstand.

»Folge mir!« rief ihm die weiße Gestalt zu.

Noch etwas müde und steif erhob sich Charin und folgte der Priesterin. Obwohl er sich bemühte, ihr mit schnellen Schritten näher zu kommen, blieb der Abstand zwischen ihnen eigenartigerweise gleich. Zum zweiten Mal dieses seltsame Geschehen.

Sie durchquerten einen schattigen Hain, stiegen einen kleinen Hügel empor und näherten sich dann einer kleinen Bucht, deren Wasser in vollkommener Reinheit in der Sonne glitzerte.

»Warte hier!« wies ihn seine Führerin an und entfernte sich. Nach wenigen Augenblicken kehrte sie zurück und stellte eine Trinkschale auf einem kleinen Steintischchen ab. Daneben legte sie ein Gewand.

»Trinke diese Erfrischung und lege das saubere Gewand an, dann folge mir.«

Charin ergriff die Schale und leerte sie in einem Zug. Sofort schwand alle Müdigkeit aus seinem Körper, und er fühlte sich körperlich und geistig wie neugeboren. Er streifte das saubere Gewand über und folgte der Priesterin.

Der Weg führte den Hang hinab zur Bucht, wo ein kleines Boot auf sie wartete. Jetzt konnte sich Charin der weißen Gestalt bis auf Armlänge nähern und mit ihr das Boot besteigen. Er wollte nach einem Ruder greifen, fand aber keines. Gerade im Begriff, seine

Die Hüterinnen der heiligen Quelle

schöne Führerin auf das Versäumnis anzusprechen, legte sie ihre Hand auf seinen Arm und sprach: »Das benötigen wir hier nicht.«

Verwundert sah Charin, wie das Boot ablegte und der Grotte entgegenglitt.

Als sie in die Grotte einfuhren, spürte Charin, wie alle Schuld von ihm abfiel. Er fühlte sich leicht und vom Licht getragen, geborgen in Weisheit und Liebe. Das Boot glitt unhörbar in eine tiefviolette Amethysthöhle und legte sanft auf einer Sandbank an. Etwa zehn Meter über der Wasseroberfläche sprudelte eine kleine Quelle, vor der sechs weißgekleidete Frauen saßen, alle von vollendeter Schönheit. Seine Begleiterin reichte ihm die Hand, die sich wie Kristallwasser anfühlte, und geleitete ihn zu den anderen Sybillen an der Quelle. Sie bat ihn, in ihrer Mitte Platz zu nehmen und setzte sich dann zu ihren sechs Schwestern.

»Willkommen an der Heiligen Quelle, Charin«, richtete die in der Mitte der Sieben sitzende Gestalt das Wort an ihn.

»Du hast gegen das Gesetz verstoßen, deswegen wurdest Du zu uns gesandt. Durch Dein Handeln fielst Du aus der Harmonie mit dem Licht und konntest die Insel nicht aus eigener Kraft erreichen. Trotzdem nehmen wir Dich gerne auf, und Du bist uns willkommen. Bevor wir Dir jedoch die ewige Flamme zurückgeben können, mußt Du Deine Schuld verstehen und so überwinden. So öffne nun Dein Herz und lausche der Heiligen Quelle.«

Charin schloß für einen Moment die Augen und sammelte sich. Er ließ alle Lasten und Sorgen von sich abfallen und konzentrierte sich auf sein inneres Licht. Dann blickte er in das kristallklare Wasser der Heiligen Quelle.

Langsam löste sich seine irdische Form auf, die Begrenzungen verschwanden, und er wurde eins mit der Quelle. Die Quelle strömte in ihm, er war ein Gefäß für ihr Lebenselixier. Und dann vernahm er ihre Botschaft:

Einfach ist das Gesetz des Ewigen
Und immer gültig.
Mein ist das Gesetz, spricht der Ewige
Und unfehlbar wirkt es.
Wenn Dein ist das Wollen
Unfehlbar mißlingt es.
Dienen ist das Gesetz und Liebe
Herrschen bricht das Gesetz und Macht.
Handele und lasse geschehen
Doch sprich stets im Herzen –
Dein Wille geschehe.

Da erkannte Charin, daß er nicht als Priester, sondern als Magier gehandelt hatte. Nicht im Einklang mit dem LICHT war sein Wirken, sondern aus dem Eigenwillen heraus entsprang sein Handeln.

Er blickte die Priesterinnen an und dankte ihnen für ihre Hilfe. Dann bat er sie, ihm erneut die ewige Flamme für den Tempel anzuvertrauen. Eine der Sieben erhob sich, ergriff ein kostbares blaues Gefäß und füllte es mit dem Wasser der Quelle. Dann gab sie es dem verwundert blickenden Charin, der die Flamme erbeten, aber das Wasser erhalten hatte.

»Kehre zurück in Deine Stadt und diene erneut, wissender nun als zuvor. Du wirst die Dinge so finden, wie sie richtig sind.«

Wieder begleitete ihn die Priesterin zu seinem Boot, und diesmal erreichte er wirklich in einer Stunde das Festland. Der Rückweg erschien ihm unvergleichlich leichter und schneller vonstatten zu gehen als der Hinweg, und bald hatte er den Tempel erreicht. Er nahm das blaue Gefäß und näherte sich der erloschenen Flamme. Behutsam goß er das heilige Wasser aus, und noch ehe das Gefäß ganz geleert war, flammte das ewige Feuer wieder auf. Ehrfürchtig verneigte sich Charin in tiefer Dankbarkeit.

Myrrdhin war auf Dragormus Schwingen den Ereignissen gefolgt, und deutlicher als zuvor erkannte er jetzt den Weg, den er gegangen war und den Pfad, den er beschreiten sollte. Er dankte Dragormu für seine treuen Dienste und kehrte mit ihm in den »Turm der Stille« zurück, wo der herrliche Falke sich verabschiedete und zu seiner Herrin zurückflog.

5. Die Sternenbruderschaft

Myrrdhin hatte noch lange Stunden nachdenklich im »Turm der Stille« gesessen und die Fülle der Bilder an seinem wachen Geist vorüberziehen lassen. Die vergangenen Wochen hatten die Schleier vor den Pforten der Nacht zur Seite gezogen und ihm den Blick in Zeitenfernen geschenkt. Er sah seinen Weg und die Tore der Einweihung, die er durchschritten hatte, soweit menschliches Wahrnehmungsvermögen zurückreichte. Aus der Dunkelheit war er zum LICHT, aus der Unwissenheit zur WEISHEIT gewandert, wenngleich noch immer die Rosenknospe der Erleuchtung zahllose Geheimnisse in ihrem Blütentempel verborgen hielt.

Was mochte es mit der »auradischen Harfe« für eine Bewandtnis haben?

Welche Pläne sollte die »Sternenbruderschaft« für die Erde ausarbeiten?

Welches würde seine Aufgabe im heraufdämmernden neuen Zeitalter sein?

Diese Fragen in seinem Herzen bewegend, stieg Myrrdhin vom »Turm der Stille« hinab und begab sich zu Myrronia in den »Turm der Blumen«. Sie betrachtete ihn mit einem wissenden Lächeln, das seine Nachdenklichkeit in freudige Erwartung verwandelte. Es würden ungewöhnliche Jahre werden, und Myrronia würde sie mit ihm teilen. Mit voller Klarheit wurde ihm bewußt, welches Geschenk diese gemeinsame Arbeit für sie beide darstellte.

»Ich sehe in Deiner Seele, daß Du weite Reisen unternommen hast«, begrüßte sie ihn herzlich.

Myrrdhin nickte ein wenig gedankenverloren und berichtete ihr dann von den Botschaften der »Prinzessin der Sonnenflügel«, vom »Auge der Seele« und vom Flug mit Dragormu. Er schilderte ihr seine Eindrücke und Empfindungen und die Fragen, die ihn bewegten, vor allem jene nach der »auradischen Harfe«.

»Die »auradische Harfe« erklingt bei der Versammlung der Sternenbruderschaft, wenn Botschafter der Kosmischen Hierarchie erscheinen. Sie verbindet die solaren Welten mit höheren Sternenreichen, so wie uns der Logorith mit dem Solaren Logos verbindet. Alle Welten sind ja in Wahrheit eins, nur unser begrenztes Bewußtsein erfährt sie in sphärischen Strukturen, als näher und ferner, als höher und niedriger, als schattenhaft und durchlichtet.«

Myrrdhin blickte Myrronia mit bewundernder Überraschung an. Sein ganzes Wissen und die gesammelte Weisheit seiner Bibliothek hatten ihm das Geheimnis der »auradischen Harfe« nicht entschlüsseln können, während Myrronia davon sprach, als sei dies eine bekannte Tatsache.

»Woher kennst Du das Geheimnis der Harfe?« fragte er voller Erstaunen.

»Elohira sprach bei unserem letzten Treffen davon. Sie erwähnte auch, daß wir in Kürze ihren Klang vernehmen würden.«

Wieder hielt Myrrdhin verwundert inne. Er hatte die Lösung der Frage in der Ferne suchen wollen, und es wäre ihm nicht in den Sinn gekommen, daß sie direkt vor ihm lag, im »Turm der Blumen«. Er schaute Myrronia in die Augen und spürte, ein wenig beschämt, wie er im Grunde seines Wesens davon ausgegangen war, daß Myrronia nicht tiefer in die Geheimnisse der inneren Welten und der Bruderschaft eingeweiht war als er selbst. Hier lag ein wenig Hochmut verborgen, der ihm schmerzhaft bewußt wurde. Elohira hatte Myrronia ganz offensichtlich ein Wissen offenbart, das Astramis ihm vorenthalten hatte; welche Gründe auch immer ihn dazu bewogen haben mochten.

Myrronia las tief in Myrrdhins Gedanken, und das sanfte Lächeln auf ihrem Gesicht verwandelte sich in ein Lachen, so befreiend wie das Lied der Quelle am frühen Morgen im ersten Sonnenlicht.

»Mein Lieber, manchmal scheinst Du in der Hingabe an Deine Aufgabe und in Deinem Dienst für den Großen Plan zu vergessen, daß wir *gemeinsam* an diesen Ort gesandt wurden. Wir sind einander Herz und Hand, Auge und Ohr, Stimme und Stille.«

Sie legte ihre Hand auf seine Schulter und fuhr fort:

»Elohira und Astramis rufen uns zur Versammlung der Sternenbruderschaft, wenn der Vollmond im Zeichen des Skorpions steht. Der Große Rat wird zusammenkommen, um über die Zukunft des Planeten zu sprechen. Es wird das wichtigste Treffen seit langer Zeit sein. Sie erwarten uns um Mitternacht in der »Sternenkuppel«.

Doch laß uns jetzt ins »Saphir-Zimmer« gehen, wir haben Besuch.«

Myrronia ergriff Myrrdhins Hand, und gemeinsam begaben sie sich hinauf in den zweiten Stock des »Turmes der Stille«, wo die Besucher schon auf sie warteten. Voller Freude begrüßte Myrrdhin drei Mitglieder der Bruderschaft, Salim Khan aus dem Libanon, Esther Sarom aus Jerusalem und Pandit Karunamar aus Rishikesh. Sie waren aus verschiedenen Gründen unterwegs, Salim und Esther in ihren politischen Ämtern, der Pandit kam von einem religiösen Treffen aus Paris. Alle drei erfüllten Aufgaben in den Gesellschaften ihrer Länder, ohne daß die Menschen in ihrer Umgebung ahnten, mit wem sie zusammenarbeiteten.

Myrrdhin erfuhr von den drei Mitgliedern der Bruderschaft, daß sie alle, auf unterschiedliche Weise, Botschaften über die kommenden großen Veränderungen und das Treffen des Großen Rates erhalten hatten. So saß man lange zusammen, um sich erst nach einer tiefen Mitternachtsmeditation zur Ruhe zu begeben. Gewaltige Umwälzungen schienen auf den Planeten zuzukommen, und das Treffen während des Skorpion-Vollmondes würde endlich Antworten schenken.

Am nächsten Morgen brachen Salim, Esther und der Pandit wieder in ihre Heimatländer auf, um unter den Zedern des Libanon die unheiligen Flammen eines sogenannten »heiligen Krieges« zu bekämpfen; um unter den Kuppeln von Kirchen, Synagogen und Moscheen Jerusalems Frieden in der heiligen Stadt zu stiften; und um an den felsigen Ufern des Ganges die Weisheitsschätze von Mutter Indien zu hüten und für die Welt vorzubereiten. Erfüllte und arbeitsreiche Wochen sollten vor ihnen liegen, ehe der Mond sich im Zeichen des Skorpions erneut rundete.

Die letzten Tage des Februars waren kalt und stürmisch gewesen, doch in der Nacht zum ersten Märztag waren die Böen abgeflaut, und mit den ersten Strahlen der Märzsonne schob sich warme Luft aus dem Süden über Caerverock Castle. Die über dem Meer versinkende Sonne warf noch die letzten zinnoberroten Strahlen über das Land, als der Mond schon die Herrschaft am Firmament angetreten hatte. Er stand im Zeichen des Skorpions, und in wenigen Stunden, zur Mitternacht, sollten Myrrdhin und Myrronia an der Versammlung der Sternenbruderschaft teilnehmen.

Schon ein halbe Stunde früher saßen Myrrdhin und Myrronia in der »Sternenkuppel«. Vor ihnen lag der »Stab der Kraft«, von zwei still und ruhig brennenden Kerzen beleuchtet. Sie waren in tiefe Meditation versunken, als der Raum in silbrigem Licht aufzuleuchten begann. In wenigen Augenblicken wurden die Gestalten von Elohira und Astramis sichtbar. Sie waren gemeinsam gekommen, um ihre beiden irdischen Botschafter zum Treffen in den Lichtwelten abzuholen. Auf ihren beiden Stirnen, am Sitz des Dritten Auges, leuchteten die beiden Irisine, die Steine der Sternenbruderschaft. Astramis ergriff den »Stab der Kraft« und berührte mit dem funkelnden

Logorith das Herz-Chakra von Myrronia, die im selben Moment ihre körperliche Hülle verließ. Elohira handelte in gleicher Weise mit Myrrdhin, und innerhalb von Augenblicken waren sie zu viert als geistige Wesen vereint.

»Folgt uns!« riefen die beiden Sternenwesen ihren Begleitern zu und entfernten sich auf einer kosmischen Lichtbahn in eine andere Dimension.

Das erste, was Myrrdhin und Myrronia nach einiger Zeit, sofern man dieses Wort überhaupt verwenden konnte, vernahmen, war ein wundervoller Gesang. Eine Art stellarer Raumsinfonie, die aber von Stimmen, nicht von Instrumenten erzeugt wurde. Als sie sich auf die Quelle der Klänge einstimmten, nahmen sie eine einzigartige Formation von Wesen wahr. Es waren Geschöpfe aus dem Luftreich, Windgeister, die, ähnlich einer irdischen Pappelallee, in schlanken, hoch aufragenden Formen kosmische Ströme aufnahmen und in bestimmten Modulationen durch ihre Gestalt leiteten. Dieser Vorgang der Durchtönung des gesamten Wesens ließ den majestätischen »Chor der Windgeister« erklingen. Myrrdhin und Myrronia lauschten bewegt dem sphärischen Klanggemälde und fühlten sich eins mit dem kosmischen Raum, der sie beherbergte.

Nach einer Weile begann die himmlische Sinfonie leiser zu werden, und die Formation der Windgeister bewegte sich allmählich zur Seite, um den Weg für einen Durchgang freizumachen, gleich einem Wald, der sich plötzlich auf eine Lichtung hin öffnete.

Ein Torbogen zeichnete sich ab, und Elohira und Astramis bewegten sich auf ihn zu. Myrrdhin und Myrronia folgten dicht hinter ihnen und schwebten ebenfalls durch das gewaltige Portal, an dessen Querbogen ein riesiger Irisin aufgeflammt war. Vor ihnen bot sich dem Auge ein zutiefst beeindruckendes Bild. Sie waren in einen Tempel von gewaltigen Ausmaßen eingetreten. Unter riesigen Säulen, die von einer flammenden Kuppel überwölbt wurden, hatten sich die Mitglieder der Sternenbruderschaft versammelt. Es mochten vielleicht zweihundert der solaren Bruderschaft angehören, erkennbar durch den Irisin auf der Höhe des Dritten Auges, und etwa vierhundert Botschafter der Bruderschaft, die in einer irdischen Verkörperung lebten. Doch auch unter den Sternenbrüdern erkannte Myrrdhin einige, die zur Zeit ebenfalls ein Erdengewand trugen. Die Wesen der Solaren Bruderschaft hatten im Innenraum Platz genommen, die Eingeweihten der Erde unter den Arkaden.

Elohira und Astramis warteten noch mit der Eröffnung der Versammlung, da einige weitere Erdenwesen, begleitet von ihren solaren Lehrern, im Tempel eintrafen. Dann jedoch schloß sich auf ein Zeichen von Astramis das große Portal, und die Versammlung begann.

»Liebe Brüder und Schwestern der Sternenbruderschaft, treue Diener der Erdenwelten. Wir, Astramis und ich, begrüßen Euch von Herzen zur heutigen Versammlung, die eine der wichtigsten des gegenwärtigen Weltentages sein wird.«

Elohira hielt für einen Augenblick inne und ließ ihren Blick über die Versammlung schweifen.

»Die Erdenwelt, deren Obhut in unseren Händen liegt, wird in eine neue Schwingung eintreten. Das Bewußtsein der Erdenwesen ist an eine Grenze gelangt, an der ein neuer kosmischer Impuls erfolgen kann. Die Sternenbruderschaft leitet die Entwicklung der Erde mittels Eurer Hilfe, möget Ihr dabei ein Körpergewand angelegt haben oder nicht. Wir alle wissen, daß der Morgen eines neuen Zeitalters heraufdämmert, an dem ein neuer, tiefer und reiner vom göttlichen Licht durchdrungener Mensch ins Dasein treten soll. Die Erde hat schon seit einiger Zeit den dichtesten Punkt ihrer Evolution durchschritten und bewegt sich gleichmäßig dem LICHT entgegen. Wir alle haben an diesem Prozeß mitgewirkt, doch, wie Ihr alle wißt, liegt es nicht in unserer Macht, den GEIST herabzurufen. Nur die Botschafter der Kosmischen Hierarchie sind befugt, diese Ausgießung der KRAFT vorzunehmen. So verneigen wir uns demütig und rufen die Wesen des Weißen Lichtes, auf daß sie erscheinen mögen, um den kosmischen Segen zu sprechen.«

Bei den letzten Worten war sie mit Astramis auf den Mittelpunkt des Tempels zugeschritten, in dem ein gleißend heller Logorith seine Flammenfunken versprühte. Die Energie im Tempel vibrierte in unbeschreiblicher Intensität, als die beiden Meister der Sternenbruderschaft die Kosmische Hierarchie anriefen.

Nachdem Elohiras Worte verhallt waren, herrschte für Momente völliges, absolutes Schweigen. Die Sternenbruderschaft öffnete ihre Seelen für den kosmischen Segen.

In das versammelte Schweigen fiel ein majestätischer Harfenklang, so sanft und doch so machtvoll, daß Myrrdhin meinte, er müsse das gesamte Universum durchtönen. Ihm folgte ein zweiter und dritter, und dann zerteilte sich die Flammenkuppel des Tempels – und die auradische Harfe wurde sichtbar, in den unendlichen Weiten des Universums schwebend. Die Wesen der Kosmischen Hierarchie nahmen normalerweise keine menschliche oder menschenähnliche Form mehr an. Sie verständigten sich durch geistige Energie, durch Licht und Klang.

Die Töne der auradischen Harfe formten, gleichsam die Saiten durchdringend, Lichtbahnen, auf denen sich Bilder abzeichneten. Jede Harfensaite verwandelte sich, von links nach rechts aufsteigend, in eine kosmische Leinwand. Auf diesen sahen Myrrdhin und Myrronia die kosmische Evolution in großen Zyklen gespiegelt. Sie sahen das Werden und Vergehen der Planetenketten, das Kommen und Gehen von irdischen und kosmischen Zivilisationen, und darunter auch das Anbrechen eines neuen Weltentages. Sie sahen die Geburt einer neuen Menschheit, erfüllt vom Göttlichen Geist und im Einklang mit dem Heiligen Gesetz lebend. Menschen, die allmählich die Begrenzungen der Materie überwanden und ihr göttliches Wesen auch in der physischen Verkörperung zu offenbaren vermochten. Was zuvor nur den wenigen Botschaftern der Sternenbruderschaft möglich gewesen war, die als Propheten und Stifter der großen Religionen einer heranwachsenden Menschheit Orientierung geschenkt hatten, sollte nun einer größeren Zahl von Erdenkindern offenbar werden. Mehr und mehr Erdenwesen würden die große Einheit erfahren und das LICHT in die Inkarnation bringen.

Die Versammlung folgte in tiefer Meditation der Kosmischen Einweihung, die nicht nur die Einsicht in die großen Zusammenhänge der planetarischen und solaren Evolution schenkte, sondern die gleichzeitig eine Lichttaufe jedes einzelnen Mitgliedes bewirkte. Die Strahlen der auradischen Harfe berührten jeden Bruder und jede Schwester der Bruderschaft und erhöhten ihre Schwingung.

Völlig versunken in die verwandelnde Kraft des GEISTES, verharrten die Versammelten und empfingen die kosmischen Gaben. Myrrdhin und Myrronia spürten, wie ihr ganzes Wesen von einer neuen Lebensenergie erfaßt wurde. Sie fühlten sich von einer unendlich beglückenden Leichtigkeit erfüllt, die aus dem Herzen der gesamten Schöpfung zu kommen schien. Diese Kraft würde es ihnen ermöglichen, alle Aufgaben der Sternenbruderschaft auf dem Planeten zu erfüllen. Diese Kraft würde auch die Mächte der Dunkelheit überwinden, könnte sie vielleicht sogar zu ihrem wahrhaften inneren Wesen zurückführen.

Noch ganz erfüllt und bewegt von der Kraft der Einweihung, die die Kosmische Hierarchie auf sie ausgeströmt hatte, bemerkten Myrrdhin und Myrronia, wie die Lichtbahnen allmählich erloschen und sich in die Harfe zurückzogen. Dann schwebte noch ein langer, fast wehmütiger Ton durch den Tempel, als empfände die Kosmische Hierarchie einen Schmerz der Trennung, und dann erlosch das himmlische Symbol. Wahrscheinlich, so dachte Myrrdhin, empfinden die solaren Wesen keinen Schmerz der Trennung, sondern bedauern unsere Begrenzung, wie wir manchmal unter der Unwissenheit der Erdenmenschen leiden.

Die Feuerkuppel schloß sich, doch es blieb eine schmale Öffnung, durch die ein blauer Strahl in die Mitte des Tempels fiel. Elohira und Astramis hielten ihre Hände in diesen Strahl, und in ihnen formte sich ein Kelch aus blauem Sternenglas. Erst schien er nur in feinstofflicher Form im Raum zu schweben, doch allmählich kristallisierte er sich zu einer Form astraler Materie. In ihm funkelte eine glitzernde Flüssigkeit, als Astramis den Kelch an die Mitglieder der Sternenbruderschaft reichte.

»In diesem Kelch«, so richtete er das Wort an die Versammlung, »sind die ›Lebenswassertropfen‹ aufbewahrt. Beim ›Bruch der Gefäße‹, am Anbeginn dieses Weltentages, sammelte der Große Geist jene Gaben, die er den erschaffenen Wesen nicht übergeben konnte, weil ihre Verblendung sie vom LICHT abschloß. Nichts geht jedoch im Göttlichen Plan verloren. Das ›Wasser des Lebens‹ wird ewig strömen, und gesegnet jene, deren Lippen es netzt. Wenige Wissende auf Erden überlieferten die Wahrheit der ›Lebenswassertropfen‹, und die Legende und der Mythos des Grals stellt eine verzerrte Einsicht in ein kosmisches Mysterium dar. Die Eingeweihten einer fernen Zeit tranken gleich Euch aus diesem Kelch, doch die Unreife der damaligen Erdenkinder war Schuld, daß dieses Wissen sich im Dunkel der Zeitalter wieder verlor.

Trinkt nun aus diesem Kelch, um zu wahrhaften ›Rittern des Grals‹ zu werden. Trinkt das ›Wasser des Lebens‹, um jene Werke auf Erden zu erfüllen, die der Plan des Großen Geistes ersonnen hat. Bittet – und es wird Euch gegeben werden. Niemand von uns erschafft aus sich selbst, alles Schöpferische ist ein Empfangen, jede schöpferische Tat eine Geburt. Das Göttliche gebiert sich in Euch; und dies allein ist Euer Werk. So werdet Ihr Licht von Seinem LICHT. So gleicht Ihr dem reinen Spiegel, der in Vollendung die Sonne widerspiegelt. Und doch bleibt der Spiegel stets der Spiegel und die Sonne stets die Sonne.«

Während Astramis diese Worte sprach, wanderte der Kelch durch die Reihen der versammelten Bruderschaft. Alle Anwesenden tranken vom »Wasser des Lebens« und spürten, wie der schöpferische GEIST sie erfüllte. War von der Harfe die göttliche KRAFT in sie eingetreten, so schenkte der Kelch ihnen die Fähigkeit zu schöpferischem Gestalten. Die Reinheit ihrer Herzen bot die Gewähr, daß Macht und Schöpfungskraft nicht mißbraucht werden würden.

Nachdem der Kelch durch die Reihen der Bruderschaft gereicht und wieder in die Hände von Elohira und Astramis gelangt war, übergaben sie ihn dem Blauen Licht, das ihn verwandelte und im Feuer des Geistes aufhob.

Nun schloß sich die Feuerkuppel wieder vollständig. Noch einmal wandte sich Astramis an die Bruderschaft und rief die versammelten Brüder und Schwestern auf, zurückzukehren in ihre irdischen Körper und das große Werk zu beginnen. Dann schloß er die Versammlung und entließ die Anwesenden mit seinem Segen.

6. Begegnungen

Nach ihrer Rückkehr in die Sternenkuppel saßen Myrrdhin und Myrronia noch lange schweigend zusammen. Astramis und Elohira waren in die Lichtreiche heimgekehrt, nachdem sie ihre Schützlinge in die irdische Welt von Caerverock Castle zurückgeleitet hatten.

Die Vision der kommenden Zeit war nunmehr deutlicher geworden, gewann schärfere, wahrnehmbarere Konturen. Es galt für Myrrdhin und Myrronia nunmehr, die irdischen Lichtboten aufzusuchen und ihre Kräfte zu vereinen. Ein neues Zeitalter würde nicht ohne Schmerzen geboren werden; und die Mächte des Schattens wußten um die Herausforderung.

Nach einem langen Winter reiste Myrrdhin nach Barcelona ab, wo ein Treffen mit dem Dalai Lama vereinbart war, der in der katalanischen Hauptstadt eine Kalachakra-Einweihung durchführen würde.

Nach kurzer Reise traf Myrrdhin in Spanien ein und gesellte sich zu der bunten Schar der Teilnehmer, die erwartungsvoll der Kalachakra-Zeremonie entgegensahen. Er beobachtete die Vielfalt geistiger Kräfte, die sich in mehreren tausend Menschen offenbarte, die auf das Eintreffen des Dalai Lama warteten. Ruhig und gelassen wirkten die tibetischen Mönche, die still und bescheiden auf dem Boden saßen und um innerliche Einstimmung bemüht waren. Nur vereinzelt sah er kleine Gruppen von Tibetern, die in ihrer unnachahmlichen Art und Weise in temperamentvolle Auseinandersetzungen über religiöse Streitfragen verwickelt waren. Es wurde laut argumentiert und gestikuliert, gelegentlich von befreiendem Gelächter unterbrochen.

Dann gab es eine große Schar westlicher Buddhisten, die mit großer Ernsthaftigkeit dem kommenden Ereignis entgegenblickten. Fast schien es Myrrdhin, als fehlte ihnen ein wenig die Leichtigkeit und Fröhlichkeit der Tibeter, speziell des Dalai Lama, ohne deswegen in Oberflächlichkeit zu verfallen. Doch diese sehr erdhafte Ernsthaftigkeit schien typisch für den westlichen Buddhisten zu sein.

Inmitten dieser Schar stieß Myrrdhin dann immer wieder auf Menschen, die er die »rastlosen Wanderer« nannte. Sie zogen von einem Guru zum nächsten, immer auf der Suche nach einem »lebenden Meister« und immer in der Erwartung der Erlösung von außen. Viele von ihnen hatten schon zu Füßen von Sri Aurobindo und Ramana Maharshi gesessen, den Vorträgen von Krishnamurti gelauscht und an den eigenwilligsten Workshops in Poona teilgenommen, die Rajneesh ihnen als Lösung ihrer Probleme verschrieben hatte. Es waren rastlose Sucher, die in sich selbst nicht zu Hause waren und daher immer Sehnsucht nach einer geistigen Heimat verspürten.

Grundsätzlich war allen diesen Menschen jedoch gemeinsam, im Rahmen ihres Wesens auf der Suche zu sein. Neben diesen Suchern gab es dann noch eine Gruppe, die Myrrdhin die »Schlagzeilen-Menschen« nannte. Sie gehörten zur lokalen oder überregionalen Prominenz und waren ständig bemüht, in irgendeiner Weise mit dem Dalai Lama *gesehen* zu werden. Es war *in*, mit dem Dalai Lama auf dem Titelbild eines Boulevard-Blattes zu erscheinen. Leider fehlte den Begleitern des Dalai Lama der geschärfte Blick, um »Schlagzeilen-Menschen« von ernsthaften Suchern zu unterscheiden; und so mußte der Dalai Lama einen nicht unerheblichen Teil seiner Energie Menschen widmen, denen es in gar keiner Weise um geistiges Wachstum, sondern ausschließlich um Publicity ging.

Als der Dalai Lama seinen etwas erhöhten Sitz eingenommen hatte, kehrte unmittelbar eine tiefe Stille ein. Die geistigen Kräfte der Inkarnation des Chenresi, des Bodhisattva des Grenzenlosen Mitleides, erfüllte den Raum und die Seelen der Menschen. Myrrdhin konnte deutlich sehen, wie ein Strom der Kraft sich aus den inneren Welten in den Dalai Lama ergoß und durch ihn auf die Teilnehmer der Kalachakra-Initiation ausstrahlte. Trotz der großen Anzahl empfing jeder einzelne, wenn er sich innerlich öffnete, den Segen einer heiligen Tradition.

Am Abend nach der Kalachakra-Zeremonie war die Zusammenkunft Myrrdhins mit dem Dalai Lama geplant. Als Ort war das Hotel der tibetischen Delegation vorgesehen, das in einem der schönsten Stadtteile Barcelonas lag. In einem kleinen Innenhof hatten tibetische Mönche in mühevoller Arbeit ein Sandmandala erstellt, in dessen Betrachtung Myrrdhin noch versunken war, als der Dalai Lama lautlos an seine Seite trat. Die Empfindung einer gewaltigen Kraft löste Myrrdhin aus der Kontemplation des Sandmandalas, und er wandte sich dem tibetischen Weisen zu. Sie begrüßten sich mit vor dem Herzen gefalteten Händen und einem respektvollen Senken des Kopfes.

Gemäß der tibetischen Tradition erhielt Myrrdhin einen gesegneten Gebetsschal um den Hals gelegt, dann lud ihn der Dalai Lama ein, neben dem Mandala Platz zu nehmen. Er bat seine Begleiter, sie allein zu lassen und blickte Myrrdhin dann mit erwartungsvoll funkelnden Augen an.

»Es liegt viel Arbeit vor uns«, eröffnete er das Gespräch.

»Das Bewußtsein der Menschen beginnt, sich zu wandeln«, erwiderte Myrrdhin, »aber die Widerstände gegen diesen Prozeß nehmen ebenfalls täglich zu.«

»Ihr kennt die alte Weissagung von Padmasambhava«, fragte der Dalai Lama.

Myrrdhin nickte: »Wenn der Eisenvogel fliegt und die Pferde auf

Rädern rollen, wird der Mann aus dem Schneeland seine Heimat verlassen und das Dharma wird in den Westen kommen.«

»So sprach Padmasambhava«, lächelte der Dalai Lama.

»Diese Zeit ist nun gekommen, und auch die Chinesen sind nur Werkzeuge des Schicksals. Das Schicksal Tibets mußte sich erfüllen, seine Wissensschätze mit der Welt zu teilen. Die Zeit ist nicht mehr fern, da die Menschen bemerken werden, wie tiefgreifend die Tibeter die religiösen Weltbilder beeinflußten. Dann wird der Dalai Lama wieder in den Potala zurückkehren, um vom »Dach der Welt« seine Botschaft zu verkünden.«

Myrrdhin spürte in diesen Worten eine verborgene Leidenschaft und zugleich eine große Liebe des Dalai Lama für sein Volk. Auch dieser »Große im Geiste« besaß eine persönliche Note.

Nach einigen Momenten des Schweigens fuhr der Dalai Lama fort: »Wir beide wissen, daß der Menschheit auf dem Weg ins Licht nur noch eine große Gefahr droht – der Fundamentalismus. Die Geister der Finsternis wählen ihre Werkzeuge mit Bedacht, und wir dürfen den Gegner nicht unterschätzen. Aus Intoleranz und Angst wird Haß und Gewalt, und sie verzehren die schwachen Lichtkräfte in vielen jungen Seelen. Es wird unsere Aufgabe sein, die geistigen Sucher zu sammeln und die Kräfte des Dialoges zu stärken. Die Mauern der Religionen wachsen nicht in den Himmel, und die Mystiker blickten schon zu allen Zeiten über sie hinweg und reichten einander im Reich des Geistes die Hände. Die Tibeter wollen die Botschaft Buddhas in den Westen tragen, um den Westen durch den Buddhismus zu bereichern und um den Buddhismus durch die Weisheit des Westens zu bereichern. Nur gemeinsam werden wir die Antworten finden, und im offenen Gespräch werden wir den Segen aller Buddhas und Bodhisattvas empfangen.«

Mit diesen Worten schloß der Dalai Lama die Augen, und Myrrdhin gesellte sich zu ihm in die Welt der Stille. Seine Gedanken schienen wie silberne Nebel im Morgenlicht aus seinem Kopf zu schweben, und ein unendlicher innerer Raum öffnete sich. Er wurde erfüllt von einem kristallklaren weißen Licht, in dem Formen sich auflösten und nur leuchtende Lebensenergie verblieb. Myrrdhin verspürte hinter diesem Licht Wesenhaftes, doch bot die Begrenzung durch den physischen Körper nicht die Möglichkeit, sich diesem erleuchteten Bewußtsein zu nähern.

Myrrdhin und der Dalai Lama verharrten lange in dieser inneren Stille, und als sie die Augen öffneten, hatte sich die Nacht über Katalanien gesenkt. Trotzdem erhellte und erwärmte ein sanftes Licht die dunkle Kühle, das von dem Mandala auszugehen schien, das zu ihren Füßen im Sand geborgen ruhte.

Die beiden Weisen verabschiedeten sich schweigend. Jeder kehrte in seine Welt zurück, um dort am gemeinsamen Werk weiterzuarbeiten. Der Dalai Lama würde am nächsten Morgen nach Indien zurückfliegen, während Myrrdhin mit Esther Sarom, die am Vortag aus Jerusalem eingetroffen war, nach Prag reisen wollte. Es gab in der »magischen Stadt« eine Aufgabe zu erfüllen.

Trotz der Veränderungen der »samtenen Revolution«, die von Prag ihren Ausgang genommen hatte, sahen Myrrdhin und Esther auf ihrem Weg in die Innenstadt noch immer die Schatten schwer auf den Häusern lasten. Doch häufig erblickten sie auch Lichtfunken, die das Erwachen eines neuen Bewußtseins ankündigten. Es war ein mühsamer Prozeß für die Kräfte des Lichtes, denn die Dunkelheit hatte sich bis in die Mauern der Häuser hinabgefressen. Selbst die Steine litten unter der todbringenden Kraft einer Macht, die über Jahrzehnte den Geist fast vollständig zu vertreiben vermochte. Doch Prag trug in seiner Tiefe die Archetypen der Verwandlung, das Vermächtnis der erleuchteten Alchemisten. Das magische Prag Rudolf II., des geheimnisvollen John Dee und der erleuchteten Sternenweisen erwachte allmählich zu neuem Leben. Die lähmenden Schatten wichen allmählich widerstrebend zurück, um einer neuen

Lebendigkeit Raum zu gewähren, die zwar noch ungestüm und ziellos war, doch in ihrer Freiheit bereits die Samen der Lichtkräfte barg.

Esther Sarom fühlte sich in Prag zu Hause. Ihre Familie hatte einst noch in der alten Judenstadt gewohnt, in der Beleles-Gasse, ganz in der Nähe der Altneusynagoge, die noch immer das geistige Vermächtnis von Jehuda ben Bezalel in seinen Steinmauern hütete, den aber alle nur unter dem ehrwürdigen Namen Rabbi Löw kannten. Noch immer atmete die ehemalige Judenstadt den Geist der weisen Rabbis und großen Zaddiks, wenngleich das moderne Prag sich immer bedrohlicher an diese alte Welt heranschob.

Nach einem kurzen Weg durch die Altstadt, standen sie vor dem alten, eisenbeschlagenen Portal des Mihulka-Turmes. In ihm arbeiteten einst im Geheimen die großen Alchemisten, um das Werk der inneren und äußeren Umwandlung zu vollbringen.

Esther war es gelungen, den Schlüssel zum Turm zu erhalten, und sie führte Myrrdhin durch das sagenumwobene Gemäuer. Es war eine Atmosphäre von Mystik und Depression, die Myrrdhin wahrnahm. Es schien, als ob die Weisen des sechzehnten und siebzehnten Jahrhunderts die Unwissenheit ihrer Zeitgenossen gleich Mühlsteinen auf ihrer Seele empfunden hatten. Nur im Verborgenen konnten die wenigen Wissenden untereinander offen sprechen und ihr feines Netz der Erkenntnis über Europa spannen, um so eine neue Zeit vorzubereiten, die sie von Ferne im Geist erschauten.

Mit großer Ehrfurcht lernte Myrrdhin von Esther Sarom neue Tiefen der chassidischen Tradition kennen, mit dem erleuchteten Baalschem in ihrem Zentrum. Die esoterische Tradition war von eingeweihten Kabbalisten und frommen Rabbis über Jahrtausende hinweg unverfälscht bewahrt worden und wartete nur darauf, zu neuem Leben erweckt zu werden.

So in die Tiefen der jüdischen Mystik eingeführt, begab sich Myrrdhin mit Esther am Freitagabend, am Beginn des Sabbat, in die Altneusynagoge. Die Gläubigen hatten den heiligen Ort bereits nach dem Gottesdienst verlassen, und sie waren allein zurückgeblieben.

Die Atmosphäre war erfüllt von Ehrfurcht und Anbetung, und der Duft des Heiligen durchzog jenes Gotteshaus, dessen Mauern so unendlich viel Leid gesehen hatten. Esther zog Myrrdhin nach rechts, wo sich noch immer der majestätische Stuhl von Rabbi Löw befand, so als erwartete seine Gemeinde täglich seine Rückkehr.

Esther kniete nieder und begann mit ihrer wohlklingenden Stimme ein Lied anzustimmen, das von Hingabe und Leiden, von Anbetung und Verzweiflung zu erzählen schien. Dies zeigten Myrrdhin zumindest die Farben und Formen in Esthers Aura, denn er verstand die Bedeutung der hebräischen Worte nicht.

Immer intensiver wurde ihr Lied, während ihr Körper sich im Gleichklang zur Musik zu bewegen begann. Myrrdhin stand neben ihr, eine Hand sanft auf ihre Schulter gelegt. Sein Blick war auf den Sessel Rabbi Löws gerichtet, der sich nur zwei Schritte vor ihnen befand. Über dem Stuhl, etwa auf halber Höhe unterhalb der oberen rechten Fensterrosette, begann sich ein Lichtrad zu bilden. Es wurde allmählich heller und weiter, und in seiner Mitte begann sich ein Gesicht zu formen – die ehrfurchtgebietenden Züge von Rabbi Löw.

»Der Wohlklang Deiner Stimme erfreut mich, meine Tochter, und die Ältesten schauen mit Wohlwollen herab auf Dein Werk. Auch Du, mein Bruder im Geiste, sei mir willkommen an diesem ehrwürdigen Ort. Eine neue Zeit bricht an, aber sie bedarf auch des Wissens der Alten. So solltet Ihr hier die heilige Flamme der mosaischen Weisheit neu entzünden, damit sie die Suchenden erleuchte auf dem Pfad zu neuen Ufern. Achtet auf die uralte Botschaft und legt Zeugnis ab von ihr:

EINER IST EUER GOTT – EWIG UND UNERKENNBAR.
UND NIE WIRD DAS LICHT EINS MIT DER SONNE.«

Wie Donnerhall verklangen die Worte in den Mauern der Altneusynagoge, und in den tiefsten Tiefen seines Wesens erspürte Myrrdhin die ungeheure Majestät GOTTES. Er verstand auf neue Weise, warum auch die planetarischen Meister und die Wesen der solaren Hierarchie, in ihrer für ihn unbeschreiblichen Weisheit und Herrlichkeit, sich in Anbetung verneigten vor dem EINEN.

Als die Worte von Rabbi Löw verhallt waren und das Licht an der Wand langsam verblaßte, kehrte Esther wieder in ihr Alltagsbewußtsein zurück. Sie ergriff Myrrdhins Hand und richtete sich langsam auf. Schweigend verließen sie die Altneusynagoge, leise das schwere Haupttor ins Schloß ziehend.

Esther blieb schweigend, und Myrrdhin spürte, wie sie innerlich daran arbeitete, ihre Aufgabe in ihrer Lebenswelt zu erfüllen. Myrrdhin bezeugte ihr in Gedanken seinen Respekt, denn es war ein besonderes Opfer, das sie für ihre spirituelle Mission auf sich genommen hatte, als sie als Jüdin einen weiblichen Körper gewählt hatte.

In der nächsten Nacht würde der Vollmond wieder im Skorpion stehen – Treffen der »Sternenbruderschaft«. Es kam nahezu nie vor, daß Myrrdhin an diesem Tag nicht in Caerverock Castle weilte und sich in der Meditation in der »Sternenkuppel« auf das Treffen vorbereitete. Seine Reisen und die vielfältigen Aufgaben hatten es ihm diesmal jedoch nicht ermöglicht, rechtzeitig zurückzukommen. Esther Sarom hatte ihm allerdings erklärt, sie würde diese Nacht, wenn immer sie in Prag weilte, stets im St. Veits-Dom verbringen. Dieser uralte Ort der Kraft hatte durch die Jahrtausende nichts von seiner Stärke verloren, und alle religiösen Traditionen hatten immer wieder ihre Tempel oder Kirchen an dieser Stelle errichtet.

Mittlerweile war Myrrdhin nicht mehr überrascht, daß Esther einen Schlüssel zu einer Seitenkapelle des St. Veits-Doms besaß. Zu diesem Zeitpunkt, kurz vor Mitternacht, umhüllte der Dom die Besucher mit einem ehrfurchtgebietenden Gewand des Schweigens. Esther führte sie zielsicher durch die mitternächtliche Dunkelheit und entzündete dann vor einem Glasfenster eine große Kerze. Ein mystisches Licht fiel auf ein wunderschönes Glasfenster.

»Es ist ein Werk von Alfons Mucha, und es wird unser Tor in die Innenwelten sein«, gab Esther Myrrdhin zu verstehen.

Sie setzten sich und versanken in die Meditation. Als die Domglocke zur Mitternacht schlug, öffnete Myrrdhin leicht die Augen. Die Kerze loderte sachte empor und entsandte einen Strahl aus ihrer Mitte in Richtung auf das Zentrum des Glasfensters. Als es der Strahl berührte, flammte es auf und öffnete sich wie ein feuriges Portal einer anderen Welt entgegen. Myrrdhin schloß erneut die Augen, verband sein Bewußtsein mit dem Kerzenstrahl und betrat durch das Flammenportal die geistige Welt.

Er war nicht überrascht, Astramis vor sich zu sehen und eine zweite leuchtende Gestalt an seiner Seite, offensichtlich Esthers Meisterin. Myrrdhin nahm an, sie würden sich unmittelbar zum Versammlungsort begeben, doch Astramis ließ sie wissen, es würde sich noch ein weiteres Mitglied der »Sternenbruderschaft« zu ihnen gesellen.

Astramis und seine Begleiterin ergriffen ihre Hände, und im Augenblick eines Wimpernschlages befanden sie sich in einer anderen Sphäre. Myrrdhin erkannte an der Formenwelt, die sie umgab, daß sie sich in den höheren Astralreichen befinden mußten. Sie bewegten sich auf ein langgezogenes schlichtes Gebäude zu, das aber in all seiner Schlichtheit doch eine besondere Schönheit offenbarte. Es handelte sich um eine Schule der inneren Welten, in der eine kleine Gruppe von ungefähr zwanzig Personen versammelt war, der Ausstrahlung nach alles Menschen, die noch verkörpert waren. Sie lauschten den Worten ihres Lehrers, den Myrrdhin mit großer Verblüffung erkannte. Er war ihm noch zu Lebzeiten in seiner physischen Gestalt begegnet, die jetzt allerdings deutlich verjüngt war und die ganze Schönheit der Züge widerspiegelte, für die er schon während seiner Erdenwanderung bekannt war. Der Lehrer, der gerade den Unterricht beendete und seine Schüler entließ – war Krishnamurti. Er kam auf Astramis zu und begrüßte ihn und seine Begleiter. Er erkannte das Erstaunen in Myrrdhins Zügen, und ein Lächeln zog über sein wunderschönes Gesicht.

»Mein Bruder, Du bist überrascht, mich in einer ›Schule der Weisheit‹ zu finden, über die esoterische Lehre sprechend. Das scheint Dir nicht im Einklang mit meiner letzten Inkarnation zu stehen?«

Myrrdhin erwiderte den liebevollen Blick Krishnamurtis und drückte in ihm seine Zustimmung aus.

»In meiner letzten Verkörperung«, fuhr Krishnamurti fort, »bestand meine Hauptaufgabe darin, die esoterische Tradition von ihren Verkrustungen und bestimmten Erstarrungen zu befreien. In der Begrenztheit der physischen Form, bin ich meiner Aufgabe teilweise auf zu radikale Weise nachgekommen. Nicht alle meine Zuhörer konnten erkennen, daß hinter der Zerstörung der alten Formen eine neue Sicht der Wirklichkeit aufschimmerte. Die Zerstörung eines falschen Bildes von Meistern und Eingeweihten – bedeutete nicht ihre Verneinung an sich. Ich habe im kleinen Kreis manches deutlicher gesagt, als anläßlich öffentlicher Vorträge; aber doch blieb teilweise ein falsches Bild zurück. Ich sammele an diesem Ort Verkörperte, die ebenfalls mit dem »Schwert der Unterscheidung« dem Gesetz von Liebe und Freiheit dienen und jene Arbeit fortsetzen, die ich nicht ganz vollenden konnte. Das ist das Geheimnis der Inkarnation!

Doch nun laßt uns Astramis folgen und uns nach Shamballah begeben, wo sich die Bruderschaft trifft.«

Myrrdhin hatte den Ausführungen Krishnamurtis mit großer Aufmerksamkeit zugehört, zeigten sie doch deutlich, welche Verdunkelung des Bewußtseins notgedrungen mit der physischen Inkarnation verbunden war. Er war zudem überrascht, daß die Versammlung der »Sternenbruderschaft« diesmal in Shamballah, dem Sitz der Planetarischen Hierarchie, stattfinden sollte.

Astramis, dem die innere Frage Myrrdhins nicht entgangen war, gesellte sich an seine Seite und erklärte: »Die »Sternenbruderschaft« hat diesmal sehr viele Wesen aus der Schar der verkörperten Schüler zur Versammlung gerufen und daher einen Ort in der Sphäre der Erdenevolution gewählt. Laßt uns nun an der Versammlung teilnehmen.«

Das Treffen der »Sternenbruderschaft« fand im Haupttempel von Shamballah statt, der in seiner Mitte ebenfalls einen Logorithen von gewaltiger, flammender Leuchtkraft enthielt. Durch ihn wurde Shamballah mit der Kraft der Kosmischen Hierarchie erfüllt.

Obwohl Astramis und Elohira anwesend waren, leiteten sie diesmal nicht die Versammlung. An ihrer Stelle wirkten drei Meister der Planetarischen Hierarchie, von denen Myrrdhin nur jenen kannte, der in seiner letzten Erdenverkörperung als Konfuzius gelebt hatte.

Sie ließen auf der Stirnseite des Shamballah-Tempels Bilder der Erdenentwicklung vorüberziehen, um den Anwesenden bestimmte Prozesse zu erklären und die Botschafter und Werkzeuge der Bruderschaft zu erkennen zu geben. Vieles war Myrrdhin durch Astramis bereits bekannt, doch es gab auf jeder Versammlung einige neue Einzelheiten. So erkannte Myrrdhin, daß der Musiker Cat Stevens, der sich mittlerweile Yusuf Islam nannte, ein Mitglied der Bruderschaft war, wenngleich er als Musiker stärker im Einklang mit dem göttlichen Plan gewirkt hatte. Doch er stand nach wie vor unter der Führung seines Meisters, und man setzte große Hoffnung auf ihn. Überhaupt schien die Bruderschaft die Musik als außerordentlich wirksames Instrument zur Öffnung des Bewußtseins zu betrachten, denn zahlreiche ihrer Boten wirkten als Musiker auf Erden.

Dann erschaute er die Gestalt Al Mustafas, des »Propheten«, und er verstand, daß dieses Werk Kahlil Gibrans die Handschrift eines

Meisters trug. Seine wenigen Seiten dienten der Sache der Bruderschaft in hervorragender Weise.

Plötzlich wechselten die Bilder, und schreckliche Szenen der zahllosen irdischen Kriegsschauplätze beherrschten die lebendige Leinwand. Es war bedrückend, das unsagbare Leid der Erdenwesen zu sehen. In das mitfühlende Schweigen richtete Astramis die Worte: »Ihr seht die Auswirkungen des karmischen Gesetzes. Noch immer ist die Last der Erdenschuld groß, die im Leiden verbrannt wird. Wir versuchen, durch den Dienst der Bruderschaft, die Schuld im Feuer der Liebe zu transformieren, doch auch wir stehen unter dem Gesetz – und wir haben Feinde. Achtet auf die *Macht* hinter dem Mächtigen!«

Wieder zogen die Bilder durch den Tempel, und die Gesichter jener Menschen zogen vorbei, die auf Erden die Fäden der Macht in ihren Händen hielten. Viele waren nur Marionetten, Sklaven ihrer eigenen Gier, ihres Stolzes und Hochmutes – und damit gekettet an das Rad der Wiedergeburt. Vereinzelt aber flammte eine dieser menschlichen Masken auf, und hinter ihr verbarg sich ein Mitglied der »Schwarzen Bruderschaft«. Eine dämonische Fratze wurde hinter der menschlichen Form sichtbar – kalt, herzlos, herrisch und voller titanischem Hochmut. Wesen der Schattenreiche; aber mächtig und von erschreckender Hinterlist. Viele politische oder religiöse Konflikte wären schon zu lösen gewesen, würden diese Dämonen nicht immer wieder erneut ihre Saat des Hasses in unreife Seelen säen. Diesen Wesen galt der eigentliche Kampf der Bruderschaft. Sie waren nun bekannt, die Masken waren von ihren Gesichtern gerissen.

Die düsteren Bilder verblaßten, und die Gesichter von betenden und meditierenden Menschen erhellten den Tempel. Viele waren Mönche oder Nonnen, aber immer größer wurde die Schar jener, die ein normales Alltagsleben und den spirituellen Pfad zu verbinden vermochten.

»Achtet auf den Zusammenprall der Energien«, erklang erneut die Stimme von Astramis.

In diesem Augenblick zeigte sich das Gesicht eines fanatischen religiösen Führers, dessen Gedanken gleich Harpunen in die Umgebung geschleudert wurden. Dann folgte das Bild diesen Gedankenwaffen, die sich einem jungen thailändischen Mönch näherten, als ob er sie förmlich an sich zog. Sie trafen ihn, lösten so etwas wie eine Explosion in jener in sich versunkenen Gestalt aus – und dann geschah etwas Eigenartiges. Aus dem Herz-Chakra dieses Mönches lösten sich blaue, glitzernde Blütenkelche, die nun ihrerseits ihren segensreichen Weg nahmen.

»So wird Haß durch Liebe erlöst«, vernahm die Versammlung die Stimme von Astramis.

»Wie dieser junge Bruder, dienen viele von Euch dem LICHT, und es bedarf Eurer vereinigten Anstrengungen, um all das zu verwandeln, was die Mächte des Schattens errichten. Aber die wahre KRAFT kämpft auf unserer Seite – und der Sieg ist nahe.«

Mit dieser Szene endete die Vorführung im Tempel zu Shamballah. Alle Anwesenden hatten erkannt, was zu tun war und welche Gegner auf der anderen Seite standen. Erstmals waren die Masken ganz gefallen, und die Zeit für die entscheidende Auseinandersetzung schien gekommen. Das Licht auf der Erde war hell genug, um die Hilfe der »Sternenbruderschaft« zu ermöglichen. Wahrlich – ein neuer Tag dämmerte am Horizont der Ewigkeit.

Nach einer kurzen Begegnung mit Myrronia kehrten Myrrdhin und Esther Sarom in ihre Körper zurück. Die große Kerze war fast vollständig heruntergebrannt, und nur noch ein blasser Lichtkegel erhellte die St. Veits-Kathedrale. Leise verließen sie durch die Seitenkapelle den Dom, während über der Moldau und dem schlafenden Prag schon die ersten Boten der Morgendämmerung heraufzogen.

7. Sunderami

Schon von weitem wurde Myrrdhin vom Duft Caerverock Castles begrüßt – es war Rosenblütenzeit. Der »Turm der Blumen« wurde umrankt von den Königinnen der Blumenwelt; und ihr Duftzauber wehte Myrrdhin entgegen. Er war viele Monate auf Reisen gewesen und freute sich jetzt, in die Stille des Schlosses heimkehren zu können.

Myrronia winkte ihm aus dem »Rosen-Zimmer« zu und begab sich in den Hof, um ihn zu begrüßen. Gemeinsam schritten sie an den Rosenbüschen entlang, mit zarter Berührung ihren Dank an die Pflanzen ausdrückend. Es lag eine Vollkommenheit in den aufgeblühten Rosenknospen, die nicht in Worten ausgedrückt werden konnte. Nicht ohne Grund trugen jene ihr wundervolles Aroma verströmenden gelb-roten Paradiesblumen den Namen »Glora Dei« – Ruhm Gottes. Sie gaben wahrhaft ihren Duft als Geschenk zu Ehren des Allerhöchsten hin; eine vollendete Idee des Göttlichen in der Form. Ein Meisterwerk der himmlischen »Erbauer der Formen«, jener großen Wesenheiten, die geistige Energie in materielle Gestalt gossen. Wer in der Tiefe das Wesen einer Rose verstand, hatte das Geheimnis des Lebens auf Erden entschlüsselt.

Myrronia, in ihrer Liebe zu den Blumen, konnte ihr Bewußtsein so mit den Rosenstöcken vereinen, daß sie sich vollkommen in deren »Sprache« mitzuteilen verstand. Die Rosen antworteten ihr gewissermaßen, indem sie sich ihr zuneigten. Myrrdhin hatte es erlebt, wenn er mit Myrronia längere Zeit vor dem »Turm der Rosen« saß, daß sich eine Ranke ganz sanft um Myrronias Hals und Schultern schmiegte und sich voller Zärtlichkeit an sie anlehnte. Eine Vereinigung von Mensch und Pflanze, wie sie Myrrdhin bisher nur bei Myrronia erlebt hatte. Er selbst liebte natürlich auch die Rosen und ihren wundervollen Duft, aber er erhielt keinen Zutritt zu ihrer Welt. Dies war Myrronia vorbehalten. Auch die Devas und Naturgeister des Rosenreiches kehrten nur in den »Turm der Blumen« ein und verbanden sich mit dem Bewußtsein Myrronias.

Myrrdhin und Myrronia mußten keine langen Gespräche führen, um sich über die Geschehnisse der vergangenen Monate auszutauschen. Auf der inneren Ebene konnten sie sich jederzeit begegnen, und zudem bestand ein so tiefes geistiges Band zwischen ihnen, daß es nicht eines längeren Wortwechsels bedurfte. Die wichtigste Begebenheit der vergangenen Zeit war das Treffen der »Sternenbruderschaft« gewesen, an dem sie ohnehin gemeinsam teilgenommen hatten. Aufgabe der kommenden Zeit würde es nun sein, die Arbeit der Bruderschaft auf Erden noch stärker zu vereinen und gemeinsam auf das große Ziel hinzuarbeiten. Dazu bedurfte es großer Anstrengungen und außerdem der Ausbildung vieler junger Menschen, die das Werk fortsetzen und das Licht in alle Welt tragen sollten.

In Anknüpfung an diese Gedanken, die ihnen beiden während der Betrachtung der Rosen in den Sinn gekommen waren, sagte Myrronia zu Myrrdhin: »Sunderami und der Pandit werden morgen auf Caerverock Castle eintreffen.«

Freudig überrascht sah sie Myrrdhin an, denn beide hatte er längere Zeit nicht mehr gesehen, vor allem Sunderami war seit ihrem vierten Lebensjahr nicht mehr in Caerverock Castle gewesen.

»Der Pandit sagte mir, er bringe eine junge Dame mit«, ergänzte Myrronia.

»Sie ist jetzt schon fünfzehneinhalb und beinahe erwachsen. Karunamar meinte, ich müßte einmal ein längeres Gespräch mit ihr führen, es wäre Zeit dafür. Und ich fühle mich auch ein wenig verantwortlich für sie, nachdem ich die tragischen Ereignisse anläßlich ihrer Geburt und beim Tod ihrer Mutter miterleben mußte. Die »Sternenbruderschaft« hat sie noch nicht berufen, aber wir wissen um ihre Aufgabe.«

Bei den letzten Worten war ein leichter Schatten über Myrrdhins Gesicht gezogen, als er an die furchtbaren Ereignisse vor fünfzehn Jahren erinnert wurde.

Sunderami war die Nichte von Pandit Karunamar. Seine Schwester Sarada Devi war seine engste Schülerin gewesen, eine reine Seele, von großer Hingabe erfüllt. Sie war eine vollkommene Bhakta gewesen, eine große Liebende in der Nachfolge Radhas.

Eines Tages war sie zu ihm gekommen, ein wenig verstört, um ihm von einem seltsamen Traum zu berichten. Sie hatte sich in den entlegensten Höhen der Heiligen Berge befunden und war dort auf ein in einer tiefen Schlucht verstecktes Kloster getroffen. Ein uralter Mann hätte ihr geöffnet und sie ins Innere geführt. Obwohl in eisiger Höhe gelegen, seien die Innenräume von angenehmer Wärme und einem sanften blauen Licht erfüllt gewesen. Der alte Türhüter hätte sie dann in den Altarraum geführt, wo eine leuchtende Gestalt, auf einem Fell sitzend, in tiefe Meditation versunken war. Sie hatte eine unsagbare Zuneigung zu diesem Jüngling empfunden, der doch zugleich eine ewige Weisheit zu verkörpern schien.

Nach einiger Zeit öffnete er die Augen und blickte Sarada Devi an. Es war ein Wiedererkennen aus unendlichen Fernen. Er hatte nur wenige Worte zu ihr gesprochen, aber sie erinnerte sich genau an: »Ich werde zu Dir kommen, und Du wirst unsere Tochter empfangen.«

Kurz darauf war sie erwacht, noch ganz erfüllt von der wundersamen Begebenheit.

Der Pandit nahm den Traum sehr ernst, der für ihn eine tiefe Botschaft verkündet hatte. Und er sollte recht behalten.

Sieben Monate später war ein Wandermönch in sein Haus gekommen, und Sarada hatte in dem feinen Gesicht unverkennbar die Züge des Jünglings aus dem Bergkloster wiedererkannt. Er blieb nur für eine Woche im Hause des Pandits, aber die Tage schienen erfüllt von einem heiligen Segen. Ein Duft aus Jasmin und Sandelholz erfüllte alle Zimmer, und Sarada glich mehr einem Lichtwesen denn einem Menschenkind.

Am siebten Tag nahm der göttliche Besucher seinen Stab, dessen Spitze ein Bild des alten Sehers Vyasa zierte, geschmückt mit einundzwanzig goldenen Knöpfen auf Samtbrokat, berührte segnend alle Zimmer und den Pandit und verabschiedete sich. In der Tür legte er seine linke Hand auf Saradas Herz und zwei Finger der rechten Hand auf ihr drittes Auge. Er verbeugte sich ganz leicht und schritt, ohne sich umzudrehen, nach Norden.

Myrronia hatte diese Geschichte von Sarada selbst erzählt bekommen, als sie vor vielen Jahren den Pandit besucht hatte. Sarada war hochschwanger, und drei Tage später brachte sie, im Puja-Raum des Hauses, Sunderami zur Welt. Im Zeichen Zwillinge geboren, blickte schon das Neugeborene voller Wachheit und Unternehmungslust in die Welt. Die Geburt war für Sarada völlig schmerzfrei verlaufen, ununterbrochen umhüllt von einem sanften blauen Licht. Die erste Woche verlief voller Harmonie, und die kleine Sunderami war die Freude des ganzen Ortes.

Myrronia hatte beschlossen abzureisen, als am neunten Tag nach der Geburt das Unfaßbare geschah. Die Abendsonne schien noch warm auf der Veranda des Hauses von Karunamar, und Myrronia, Sarada und ihre kleine Tochter lauschten den Klängen der Flötenspieler, die am nahegelegenen Fluß ihre melancholischen Melodien erklingen ließen. In diesem Augenblick war ein zierlicher brauner Kater auf dem Dach erschienen. Er schnurrte leise und wohlwollend, als Myrronia ihn zu sich herunterholte. Eine Weile saß er auf ihrem Schoß, sichtlich dem sanften Kraulen zugeneigt. Dann sprang er hinab und begab sich auf seinen Samtpfoten zur Wiege der kleinen Sunderami, die nur wenige Schritte vor Myrronia in der Sonne schlief.

Von diesem Moment an vollzog sich alles in unglaublicher Geschwindigkeit. Ein Schatten fiel auf die Veranda, als ob eine Wolke vor die Abendsonne getreten war; doch der Abendhimmel war wolkenlos. Der kleine Kater stieß einen Schrei aus, der Sarada und Myrronia durch Mark und Bein fuhr und den sie nie mehr vergessen würde, und stürzte sich, in die Höhe springend, auf die kleine Sunderami. Im gleichen Augenblick schnellte Sarada nach vorne und brachte ihren Arm zwischen Sunderami und den Kater, der sich sofort mit furchtbarer Gewalt darin verbiß. Sie versuchte, ihn abzuschütteln, doch vergeblich. Es schien sich nicht mehr um denselben kleinen braunen Kater zu handeln, sondern um eine mörderische Bestie. Immer wieder versuchte er, sich auf Sunderami zu stürzen, doch es gelang ihm nicht. Dabei stieß er furchtbare Laute aus, die unmöglich diesem kleinen Katzenkörper entstammen konnten. Blut floß in breiten Bahnen von Saradas Händen, die sich verzweifelt der angreifenden Krallen und Zähne zu erwehren versuchte. Gerade als Myrronia sich aus ihrer Erstarrung gelöst hatte und Sarada zu Hilfe eilen wollte, dies alles geschah innerhalb von Sekunden, flammte über Sunderamis Wiege ein strahlendes Licht auf, und eine leuchtende Gestalt richtete einen flammenden Stab auf das Tier.

»Du hast nur das Recht auf die Mutter, das Kind gehört mir. Weiche dem heiligen Stab!«

Die Worte waren nicht mit großer Lautstärke gesprochen worden, und doch empfand Myrronia eine unwiderstehliche Macht in ihnen. Sie waren noch nicht verklungen, als der kleine Kater leblos auf die Veranda fiel und der Schatten sich mit einem zischenden Geräusch entfernte. Wieder fiel die Abendsonne mit ihrem milden

Licht auf die Veranda, der Schatten sowohl als auch die Lichtgestalt waren verschwunden, nur der leblose Kater und die blutende Sarada zeigten zweifelsfrei an, daß das Geschehen schreckliche Wirklichkeit gewesen war.

Der Pandit war mit einem Nachbarn heraufgeeilt, alarmiert von den schrecklichen Geräuschen. Gemeinsam brachten sie Sarada in ihr Zimmer, während Myrronia die schlafende Sunderami mit sich nahm, die in ihrem tiefen Schlaf von den gefährlichen Ereignissen völlig unberührt geblieben war. Als sie das Kind aus der Wiege hob, bemerkte sie, wie sich der kleine Körper des Katers zusammenzog und allmählich völlig auflöste. Nur ein kleiner schwarzer Fleck blieb zurück, der wie ein schmutziges Öl in den Boden der Veranda sickerte. Der braune Kater war kein Tier gewesen. Jemand hatte sich diese Zutrauen einflößende Form gewählt – und Myrronia ahnte tief innerlich, wer der Schatten gewesen war.

Karunamar und Myrronia hatten gehofft, Sarada würde sich bald von dem Schrecken und den Verletzungen erholen, doch leider sollte es anders kommen. Zwar verheilten die Wunden, doch ein schleichendes Gift schien über das Blut in ihren Körper Eingang gefunden zu haben. Sie wurde immer schwächer, und in der neunten Nacht verließ sie friedlich ihren Körper. Noch einmal wehte der Duft von Jasmin und Sandelholz durch das Haus, und Myrronia durfte einen Blick auf die göttliche Lichtgestalt werfen.

Sie blieb noch einige Tage bei Karunamar, um die Bestattungsrituale mit dem Pandit zu vollziehen. Erst als Sarada Devis sterbliche Hülle ganz der reinigenden Kraft des Feuers übergeben worden war, verließ sie am folgenden Morgen das Haus. Es war ein schmerzhafter Abschied, und nur in den lichtvollen Augen Sunderamis lag die Hoffnung eines helleren Morgen.

Als Sunderami vier Jahre alt war, hatten der Pandit und seine Nichte einmal Caerverock Castle besucht. Myrrdhin war tief berührt worden von der Schönheit und Reinheit der Kinderseele und wußte, Sunderami würde eine große Aufgabe zu erfüllen haben.

An alle diese Ereignisse dachten Myrrdhin und Myrronia, während der Duft der Rosen im Abendwind über die Wiesen von Caerverock Castle geweht wurde.

»Die »Herren der Dunkelheit« weichen nur der Macht des Logoriths, der vereinten Geisteskraft der »Sternenbruderschaft«. Hätte Sarada Devi sich damals nicht geopfert, wäre die Arbeit der Bruderschaft um viele Jahre zurückgeworfen worden. Doch die »Meister der linken Hand« hatten keine Macht mehr über sie. Der Abgesandte von Shamballah konnte sie retten, weil die Kräfte des Lichtes stärker geworden sind; und auch der Opfertod von Sarada hat die Dunkelheit nur geschwächt. Doch dieses Gesetz kennen die »Meister der linken Hand« nicht. Sie kennen nur die Macht und den Tod, nicht das Opfer und die Liebe – und dies wird ihr Untergang sein.«

»Doch noch sind sie mächtig«, gab Myrronia zu bedenken. »Ich sah den Schatten am Werk, und wahrlich, er ist von furchterregender Gewalt. Es wird all unserer Kräfte bedürfen, um die »Schwarze Bruderschaft« zu besiegen.

Doch komm, wir wollen alles für den Empfang des Pandits und seiner Nichte vorbereiten.«

8. Das Druidengrab

Es war einer der heißesten Tage, die Caerverock Castle seit langem gesehen hatte, gleichsam als wollten die Naturgewalten dem Besuch aus Indien die Umstellung ein wenig erleichtern.

Am frühen Nachmittag vernahm Myrrdhin ein wohl vertrautes Klingeln. Es gehörte zu Mary und Tory, den altgedienten Kutschpferden des noch viel altgedienteren Smorigan, der schon seit Menschengedenken mit seinem Pferdefuhrwerk über Land fuhr, um kleine Transporte auszuführen. Er hatte Pandit Karunamar und Sunderami an der Bahnstation eingesammelt, um dann gemächlich mit ihnen hinauf nach Caerverock Castle zu trotten.

Voller Freude begrüßten Myrrdhin und Myrronia die beiden Besucher, die angesichts der weiten Reise noch erstaunlich munter wirkten. Myrrdhin und der Pandit zogen sich schon bald in den »Turm der Stille« zurück, während Myrronia und Sunderami durch die Gartenanlagen spazierten. Noch immer lag die Temperatur weit über der zwanzig Grad Marke, doch ein belebender zarter Windhauch verfing sich im Hof des Schlosses.

Voller Freude bewunderte Sunderami Myrronias Rosen und genoß ihren wundervollen Duft. Sie schien alle Blumen zu begrüßen, um sich dann vor einem kleinen, ein wenig bemoosten Beet niederzuknien. Mit ihrer rechten, leicht nach oben geöffneten Hand glitt sie über den weichen Moosteppich, um etwas aufzunehmen.

»Eure Gräser-Elfen schimmern ganz anders als jene in meiner Heimat. Hast Du eine Erklärung dafür?« fragte sie Myrronia.

»Du siehst die Naturwesen?« fragte Myrronia zurück, wobei sie allerdings nicht sonderlich erstaunt zu sein schien.

»Ja, schon seit vielen Jahren. Der Pandit hat mir schon als Kind die unterschiedlichen Scharen der Naturgeister und ihre vielfältigen Aufgaben erklärt. Ich mag diese fleißigen kleinen Arbeiter in Gottes großem Garten. Aber ich wußte bisher nicht, daß sie von Land zu Land unterschiedlich sind.«

»Die Naturgeister spiegeln in einem gewissen Maß ihre Lebenswelt. Wie Du weißt, sind die unentwickeltsten unter ihnen noch nicht individualisiert, sie können sich wieder in ihr Element auflösen. Nur die Gedankenkraft ihrer Engel läßt sie wieder Form annehmen. Die höher entwickelten dagegen, die durch einen neuen schöpferischen Akt individualisiert wurden, etwa die Elfen und Sylphen, bestimmte Zwerge und die Undinen, gestalten in einer gewissen Eigenverantwortung ihre Reiche. Sie formen dabei ihre feinstofflichen Hüllen im Spiegel ihrer Umwelt. Dabei macht es einen gewissen Unterschied, ob sie einen Quellbach auf den Britischen Inseln beleben oder in den Fluten des Ganges oder Indus ihre muntere Arbeit treiben. Auch zwischen dem Schottischen Hochland und den Vorgebirgen des Himalaya läßt sich unschwer ein Unterschied erkennen – und dieser zeigt sich auch in den Gestalten der Naturgeister. Hinzu kommt die neckische Eigenart der Wesen aus dem Zwergenreich, die Menschen ihrer Umwelt nachzuahmen und ihre Gestalt und Kleidung zu imitieren. Besondere Freude haben sie dabei, wenn sie vereinzelt Menschen finden, deren innere Augen geöffnet sind, um sie bei ihrem verspielten Treiben zu beobachten.«

»Die Elfe, die Deine Rosen behütet, scheint mir dagegen ein außerordentlich hoch entwickeltes Wesen zu sein«, wollte Sunderami von Myrronia wissen.

»Du hast sehr genau beobachtet. Ylania steht an der Schwelle ihrer Einweihung ins Reich der Devas. Sie hat einen langen Weg des Dienens im Reich der Pflanzen durchwandert und in jeglicher Form die Kräfte der Schönheit und des Wachstums in der Natur verankert. Dieser selbstlose Dienst hat sie Stufe um Stufe der Welt der Engel und Devas nähergebracht. Es ist auch für mich noch immer ein Geheimnis, das Wachsen und Reifen der Naturgeister zu beobachten, ohne in ihrem innersten Sein ihr Denken und Fühlen zu verstehen. Sie leben mehr gemäß der Gebote des göttlichen Gesetzes, als der Freiheit ihrer Entscheidung folgend; und doch gibt es Unterschiede im Grad ihrer Hingabe an den großen Plan des Lebens. Auch sie kennen daher die Möglichkeit, sich mehr oder weniger intensiv dem göttlichen Licht zu öffnen; und doch entwickelt sich ihr Leben gänzlich anders als in der Menschenwelt. Die Schöpfung ist voller Geheimnisse – und wir wissen nur sehr wenig.«

Nachdenklich zog Myrronia Sunderami an sich und legte ihr einen bunten Schal um, da der Abendwind inzwischen ein wenig kühlere Luft von den Weiten des Atlantiks heranführte. Eingehakt gingen die beiden zurück in den »Turm der Blumen«, wo Myrronia Sunderami ihr Zimmer zeigte. Sie saß noch einige Augenblicke neben ihr, doch von einer Sekunde zur anderen war die junge Dame in eine andere Welt eingetreten, und leise verließ Myrronia das Zimmer.

Myrronia begab sich in den »Turm der Stille«, wo sie Myrrdhin und den Pandit in angeregtem Gespräch vorfand. Myrrdhin hatte Karunamar über die Erfahrungen in Prag berichtet und über die schwindende Macht der Finsternis, die aber immer noch über viele Herzen ihre dunklen Schatten warf.

»Die Reiche der Dunkelheit lichten sich«, sagte der Pandit.

»In den inneren Welten wandelte sich mancher unter dem Einfluß des goldenen Strahles. Die Licht- und Liebeskräfte auf Erden haben sich mehr als verdoppelt, und die Hüter der Erde können von Shamballah aus mit ihnen die Reiche der Schatten ausdünnen. Doch lassen wir uns nicht täuschen, noch immer sind die »Meister der linken

Hand« zahlreich und voller Hinterlist. Sie wechseln ihre Masken und Gestalten, und ihre Werkzeuge streuen ihre üble Saat noch immer in jedem Land aus.

Doch laßt uns heute nicht über den großen Plan sprechen. Wie gefällt Dir meine Nichte?«

»Sunderami ist eine feine Seele«, antwortete Myrronia.

»Sie ist eigentlich kein Kind mehr. Ihre unteren Chakras sind entfaltet, und die Lebenskraft strömt sehr harmonisch durch ihren Körper. Nach meiner Einschätzung ist sie seit etwa einem halben Jahr eine junge Frau; aber sie hat während des Überganges vom Mädchen zur Frau ihre Himmelsaugen nicht verloren, was für ihre große geistige Reife spricht.

Ich möchte morgen mit ihr zum Druidengrab gehen, um mit ihr über den Weg der Frau zu sprechen. Außerdem möchte ich sie in das »Auge der Seele« blicken lassen. Vielleicht erhält sie eine Botschaft.«

»Eine gute Idee«, warf Myrrdhin ein und begab sich in die »Sternenkuppel«, um den geheimnisvollen Morganiten zu holen.

Er gab ihn Myrronia, die ihn sorgsam in ein weißes Leinentuch einhüllte. Sie verabschiedete sich von Myrrdhin und dem Pandit, der sich ebenfalls zurückzog und zur Ruhe begab.

Schon früh grüßte die Sonne die Zinnen von Caerverock Castle, und bereits der Vormittag war von angenehmer Wärme erfüllt. Sunderami war nach einem langen Schlaf voller Lebensfreude erwacht und hatte begeistert Myrronias Vorschlag zugestimmt, mit ihr das Druidengrab aufzusuchen.

Natürlich betrachtete es Borga als ihr besonderes Vorrecht, vor den beiden durch die Wiesen zu tollen. Sunderami liebte diesen wuseligen kleinen Sheltie und kugelte sich manchmal im gleichen Übermut wie ihre vierbeinige Freundin die Hügel hinunter. Myrronia folgte dem übermütigen Spiel mit Vergnügen, manchmal sogar mit dem ein wenig wehmütigen Gedanken, um wieviel natürlicher und unbeschwerter sich das LEBEN doch durch Sunderami ausdrückte, verglichen mit der Ernsthaftigkeit in der Welt der Erwachsenen. Doch hier zeigte sich wohl wieder einmal das unendlich weise Gesetz der Polarität.

Das Druidengrab lag ganz in der Nähe des alten Menhirs. Es erhob sich etwa zehn bis zwölf Meter über einen sanften Hügel, und auf ihm standen sieben mächtige, uralte Steinblöcke. Einer von ihnen war auf der einen Seite ausgehöhlt und wurde der »Stein der Priesterin« genannt. In ihm nahm Myrronia Platz, während Sunderami sich zu ihren Füßen ins Gras setzte. Borga bewachte die beiden außerhalb des Steinkreises, den zu betreten ihr ihre feuchte Hundenase nicht empfahl.

Sunderami sah Myrronia erwartungsvoll an. Jetzt saß eine junge Frau vor der Druidenpriesterin, nicht mehr das verspielte Kind, das gerade noch mit Borga die Hügel hinabgerollt war.

»Du bist seit kurzem kein Mädchen mehr, Sunderami. Dein Körper zeigt sich mir mit den äußeren und den inneren Augen als der einer jungen Frau. Weißt Du über die Prozesse in Deinem Körper Bescheid?«

»Ja«, erwiderte Sunderami. »Eine Schülerin des Pandits hat mir schon vor zwei Jahren alles erklärt, und so war ich gut vorbereitet.«

»Alles Leben auf Erden vollzieht sich in der Polarität des Männlichen und Weiblichen, doch nur wenige suchen den tieferen Sinn dieses Prozesses. Yin und Yang symbolisieren die Einheit, die aus der Zweiheit geboren wurde. Es liegt eine göttliche Idee im Spiel der Dualität, eine Verbindung kosmischer Freude, die sich in der Anziehung der beiden Pole ausdrückt. In der Dynamik der Suche, in dem Wunsch nach Berührung vollzieht sich Entwicklung. Das männlich-weibliche im göttlichen Geist offenbart sich in der Schöpfung in zwei Polen, um sich am Ende eines Schöpfungstages in vollendeter Form neu zu vereinigen. Auch im irdisch-materiellen Bereich zeigt sich diese Polarität. Mann und Frau verkörpern daher eine jeweils einmalige göttliche Idee. Ziel unseres Lebens sollte es daher sein, unsere je eigene Weiblichkeit auszudrücken.

Die männliche Energie verwandelt durch Auflösung, in ihrem negativen Pol durch Zerstörung – in Deiner Tradition symbolisiert durch den Tanz Shivas auf der Welt. Die weibliche Energie verwandelt durch Aufnahme, in ihrem negativen Pol durch Selbstzerstörung – in Deiner Tradition symbolisiert durch die göttliche Shakti. Beide Qualitäten sind gleichwertig, beide müssen sich in gewissem Maße ergänzen; aber sie sollten nicht ineinander aufgehen. Shiva wird nicht zur Shakti und die Shakti nicht zu Shiva; aber beide bedürfen einander.

Eine Frau, die die Kräfte der Auflösung und Zerstörung in ihren Körper ruft, verliert ihre Feinfühligkeit und Empfänglichkeit; und ein Mann, der den Widerstand nicht überwindet, sondern in sich aufzulösen trachtet, verliert seine Schöpferkraft. Dies bezieht sich auf den allgemeinen göttlichen Plan, es betrifft nicht die karmischen Sonderfälle, wenn eine weibliche Wesenheit einen männlichen Körper bewohnt und umgekehrt«, ergänzte Myrronia.

»Wie zeigt sich diese Polarität beispielsweise in den Berufen. Hier kann ich keine großen Unterschiede erkennen«, wollte Sunderami wissen.

»Ich möchte Dir ein Beispiel geben. Du kannst eine Krankheit im Körper beseitigen, indem Du den Krankheitsherd entfernst – das wäre der männliche Aspekt. Wenn Du willst, wäre dies die Figur des Arztes. Du kannst die Krankheit auch durch die Aufnahme und Übertragung von Heilkraft beseitigen, das wäre der weibliche Aspekt. Wenn Du willst, wäre das die Figur der Heilerin.

Diese Strukturen sind zur Zeit nicht in klarer, getrennter Form vorzufinden; aber grundsätzlich läßt sich sagen, daß die männlich-aggressiven Aspekte zur Zeit im Übermaß wirken und so das Gleichgewicht zwischen Yin und Yang gestört ist.

Die kommende Zeit wird verstärkt die Kraft des Weiblichen benötigen, auch in männlichen Körpern. Dies wird nur durch intensiveren Austausch der Energien geschehen können, wobei die zerstörerischen Impulse in den männlichen Körpern in aufbauende Kreativität gewandelt werden müssen. Dies ist eine Aufgabe der Transformation – dies ist unsere Aufgabe.«

»Wie drückt sich das innerhalb einer intimen Beziehung aus? Muß auch in der Sexualität eine neue Polarität zwischen Yin und Yang gefunden werden?«

»Wenn Du Dir das Schicksal der Frauen auf der Welt vor Augen führst, gerade auch in Deinem Land, so wirst Du unschwer erkennen, daß es kein Gleichgewicht zwischen Geben und Aufnehmen, zwischen Schenken und Empfangen gibt. Es herrscht weitgehend ein Aufzwingen, welches das Leben zerstört und das wahrhafte Aufnehmen unmöglich macht. Auch hier ist der Austausch zwischen Yin und Yang gestört. Dieses zerstörte kosmische Gleichgewicht wirkt auf allen menschlichen Ebenen und ist eine der zentralen Ursachen für die Konflikte auf diesem Planeten. Erst wenn das Männliche seine Zerstörungskraft in Schöpfungskraft verwandelt, werden wir eine neue Beziehung der Geschlechter und ein neues Bewußtsein auf unserem blauen Planeten vorfinden.«

Sunderami war mit großer Aufmerksamkeit Myrronias Worten gefolgt. Sie schienen ihr nachvollziehbar, doch wie sah alles dies im täglichen Leben aus. Wie sollte sie sich einem Freund gegenüber verhalten? Sie blickte Myrronia ein wenig unsicher an.

Diese konnte unschwer die Fragen in Sunderamis Gesicht entziffern. Es war nicht ganz leicht für ein junges Mädchen, die Tiefe des Geheimnisses von Yin und Yang zu verstehen.

»Du solltest alle Deine Beziehungen aus der Natürlichkeit Deines Herzens leben. Alle Empfindungen Deines Körpers sind rein und voll göttlicher Schönheit. Eine intime Beziehung drückt eine tiefe, seelenvolle Begegnung zwischen zwei Wesen aus. Du solltest einen Mann ganz in Dein Wesen aufnehmen und ihn gleichzeitig vollständig mit Deiner Liebe durchdringen. In diesem Geschehen verwandelst Du Dich und ihn. Doch solltest Du bedenken, daß eine intime körperliche Verbindung ein karmisches Band knüpft. Je intensiver die Beziehung desto intensiver das Band. Du wirst in Deinem Leben etliche Seelengefährten treffen, mit allen wirst Du eine tiefe Beziehung eingehen können. Mit Deiner Dualseele wirst Du eine besondere Bindung empfinden, die jedoch auch eine Vereinigung im Geistigen darstellen kann. Nicht immer jedoch sind Dualseelen zusammen inkarniert, und nicht immer müssen sie sich als Mann und Frau begegnen. Sie können zum Beispiel auch Geschwister sein.

Mit Menschen, die kein seelisches Band mit Dir verbindet, solltest Du achtsam sein, und Du wirst mit ihnen eine gewisse Fremdheit verspüren, solltest Du Dich mit ihnen vereinen. In einer intimen Beziehung durchdringen sich Körper und Aura und bilden vorübergehend eine gewisse Einheit. Hierbei kommt es zu einem sehr intensiven seelischen Austausch, und Du solltest hier auf eine tiefe Harmonie achten, andernfalls verletzt Du und wirst verletzt.

Alles dies hat jedoch nichts mit der sogenannten Moral unserer Gesellschaften zu tun. Löse Dich von all diesen Vorschriften. Sei frei und voller Liebe, und Dein Herz wird Dich auf einen guten Weg weisen. Du kannst heute selber entscheiden, wann Du ein Kind empfangen möchtest, und bist nur Deiner inneren Stimme verantwortlich. Höre nach innen, lausche auch der Weisheit Deines Körpers, und lebe mit Freude im Herzen.«

Myrronia hatte Sunderamis Hand ergriffen und bei den letzten Worten war ein leuchtendes Band zwischen ihren Seelen geflochten worden.

»Du bist jetzt alt genug, um das erste Mal in Deinem Leben dem »Auge der Seele« zu begegnen. Öffne Dich ganz und bitte in Demut um das Licht der »Herren des Karma«, damit das Auge Dich an den Plan erinnere, den Du vor Eintritt in diesen Körper mit Deinem Engel beschlossen hast.«

Mit diesen Worten überreichte Myrronia Sunderami den funkelnden Morganiten und schloß dann die Augen. Ihre Hände ruhten auf Sunderamis Schultern, und sie spürte die innere Aufregung ihres jungen Schützlings. Doch von einem Augenblick zum anderen wurde diese plötzlich ganz ruhig, und eine machtvolle Energie erfüllte ihren Körper.

Sie sah mit dem »Auge der Seele«.

9. Das Märchen des Asteroiden

Die Sonne stand schon hoch über dem Druidengrab, als Sunderami wieder die Augen aufschlug. Sie blickte Myrronia ein wenig verwundert an, so als müsse sie zuerst verstehen, in welcher Welt sie sich befand. Dann gab sie ihr vorsichtig das »Auge der Seele« zurück und stand langsam auf. Sie lehnte sich an einen der großen Steine und schaute lange schweigend über die sanften Hügelketten.

Myrronia betrachtete sie liebevoll und wartete, bis Sunderami von sich aus zu sprechen beginnen würde. Nach einiger Zeit drehte diese sich um und sagte, noch immer mehr zu sich selbst als zu Myrronia: »Es war seltsam, sehr seltsam. Und doch so voller wunderbarer Bilder.«

Dann setzte sie sich wieder neben Myrronia und begann zu erzählen.

»Als ich die Augen schloß, spürte ich zuerst eine große Kraft vom ›Auge der Seele‹ ausstrahlen. Sie erfüllte mein ganzes Wesen, von unten nach oben aufsteigend. Dann formte sich zwischen meinen Augen ein flammendes Rad, das sich immer schneller zu drehen begann. Nach einiger Zeit konnte ich nur noch einen strahlend hellen Kreis erkennen, der sich dann zu einer Art Tunnel ausdehnte. Ich spürte, wie ich durch den Lichtkreis hindurch in den Tunnel glitt und seinem Verlauf folgte. Es war kein langer Weg, dann öffnete sich das Tunnelende auf eine blumenübersäte Wiese. Während ich noch schaute und die Blumenpracht bestaunte, tauchte von der Seite eine sehr seltsame Gestalt auf. Sie schien sich fast fliegend zu bewegen und stellte eine Art Mittelwesen zwischen einer Elfe und einem uralten Zwerg dar.

›Willkommen in meinem Reich, Sunderami. Ich bin der Asteroid Purpelius.‹

Der seltsame Name paßte zu ihm. Er war nicht sehr groß, trug ein violettes Wams mit ebensolchen Hosen, eine bunte Weste und merkwürdige, viel zu lange spitze Schuhe aus schwarzem Samt. Den von einem ellenlangen weißen Bart gezierten Kopf bedeckte ein etwas ungeformter purpurner Hut. Alle diese Kleidungsstücke waren zudem mit goldenen Sternen verziert, und außerdem hielt er eine merkwürdige Sternenkette in der Hand.«

»In welcher Sprache redete er?« wollte Myrronia wissen.

»Es war eigentlich mehr ein Verbinden von Gedanken als ein Gespräch, wie wir es auf Erden kennen. Ich gewann den Eindruck, er streute Gedanken und Bilder direkt in meinen Geist ein – wie Sternenstaub. Das zeigte sich erneut, als er sofort auf meine aufkommende Frage, wer denn dieses Wesen wohl sei, antwortete: »Wir Asteroiden verbinden Himmel und Erde. Wir sind die Hüter der Träume und die Wächter der Märchen.«

Auch diese seltsame Aussage paßte zu meinem merkwürdigen neuen Freund.

Dann fuhr er fort: »Wir Asteroiden stehen im Dienst der ›Prinzessin der Sonnenflügel‹, und wir wirken im Einklang mit dem ›Auge der Seele‹. So sei nun willkommen in unserem Reich. Setze Dich zu mir, denn ich will Dir ein Märchen erzählen.«

Ich setzte mich neben ihn, und er begann, wie es in den alten Schriften steht.«

»In einem fernen Königreich lebte einmal eine Prinzessin. Sie war ein wenig traurig und litt unter Einsamkeit. Zwar fehlte es ihr in ihrem prächtigen Palast an nichts, Dutzende von Bediensteten standen zu ihrer Verfügung und lasen ihr jeden Wunsch von den Augen ab – aber sie hatte keine wirklichen Freunde. Sie konnte durch die goldgeschmückten Zimmerfluten wandern, sich an den wertvollen Bildern erfreuen, mit den Pfauen im Garten spielen, während die wundervollen Wasserspiele ihre zierlichen Fontänen in den Himmel sandten, und doch blieb eine innere Leere.

Dann spielten die Hofmusiker auf, und anschließend wurde auf silbernen Platten ein erlesenes Essen serviert. Meistens aß sie allein, weil ihr Vater, der König, mit Regierungsgeschäften befaßt war – und ihre Mutter war kurz nach ihrer Geburt gestorben.

Während sie eines langen Abends vor dem Kaminfeuer des großen Bernsteinzimmers saß, beschloß sie, sich auf die Suche nach einem wirklichen Freund zu begeben. Gleich kam ihr auch eine Idee, wie sie diesen Beschluß in die Tat umsetzen konnte.

Am nächsten Morgen bestellte sie sofort den Hofmarschall ins Audienzzimmer und ließ ihn wissen, er solle ein Plakat mit dem Bild der Prinzessin überall im Lande aushängen und allem Volk mitteilen, die Prinzessin würde denjenigen zum Freund erwählen, der ihr das schönste Gedicht zukommen ließe. Der ehrwürdige Hofmarschall verbeugte sich mehr als verwundert und verließ kopfschüttelnd den Palast, um die Anordnungen der Prinzessin auszuführen.

So hingen bald im ganzen Land die Bilder der Prinzessin mit ihrem Ansinnen aus.

Schon nach wenigen Tagen gingen die ersten Gedichte im Schloß ein, manchmal gleich persönlich von den Schreiberlingen übergeben. Doch sie waren alle mehr oder weniger gleich. Wohlgeformte Worte, manche etwas melancholisch, einige sogar lustig – aber keines war darunter, das geistvoll genannt werden konnte. So ging es Tag um Tag; und allmählich schwand die Hoffnung der Prinzessin, auf diesem Weg einen Freund zu finden.

Allmählich wurde auch die Zahl der eintreffenden Gedichte geringer, und die Prinzessin ging ratlos vor den Wasserspielen auf und ab.

Schon drei Wochen waren vergangen, als ein Bote der königlichen Leibgarde ins Schloß geritten kam und nach der Prinzessin fragte. Er wurde in den Garten geführt, wo er der Prinzessin vorgestellt wurde. Unter seinem Arm trug er eine kleine Rolle, die er mit einer Verbeugung überreichte. Er kam aus dem äußersten Norden des Reiches und hatte sie dort von einem jungen Mann erhalten, mit der Bitte, sie nach seiner Rückkehr zu überreichen. Erfreut dankte ihm die Prinzessin für seine Mühe und entließ ihn mit einem großzügigen Geschenk.

Behutsam öffnete sie die Rolle und entnahm ihr ein altes Pergament. Darauf hatte eine feine Hand in zierlichen Buchstaben ein Gedicht geschrieben. Es war zudem allerliebst verziert mit Blüten und Girlanden und es hieß

Die verwunschene Glockenblume

Himmelsbotin
Weltgesandte im gläsernen Turm
Ungehört verhallend
Erlösender Segensklang

Sternenbotin
Lichtgesandte im goldenen Schloß
Ungesehen verfallend
Heilender Segensblick

Gottesbotin
Geistgesandte im verschlossenen Herzen
Unerweckt verlöschend
Einweihender Segenshauch

Heilige Glockenblume
Erklinge
Erscheine
Erwecke

Wieder und wieder las die junge Prinzessin tiefgerührt die Worte. Sie ließ den Reiter der Leibgarde zu sich rufen und bat ihn, erneut in den Norden des Landes zu reiten und den Verfasser des Gedichtes zu ihr zu bringen.

Mit kaum zu verbergender Ungeduld erwartete die Prinzessin die Rückkehr ihres Boten und des Verfassers der »Glockenblume«. Die Zeit wollte nicht vergehen, und erst in der vierten Woche meldete ihre Hofdame endlich den ersehnten Besuch: »Eure Königliche Hoheit, ein gewisser Saragon Chantalin läßt bitten.«

Ohne die Hofetikette zu beachten, eilte die Prinzessin an ihrer verstörten Hofdame vorbei, um ihren Gast sofort zu begrüßen. Er war sehr groß, schlank, aber nicht sehr kräftig. Dunkelblonde Haare fielen ihm in verspielten Locken bis auf die Schultern und wurden von ihm mit einer leichten Handbewegung wieder nach hinten geworfen, als sie bei seiner Verbeugung in sein fein geschnittenes Gesicht fielen.

Saragon war ein ernster junger Mann. Er studierte Dichtkunst und Medizin, was auch für die damalige Zeit als eine ungewöhnliche Verbindung galt. Obwohl er nur ein Jahr älter als die Prinzessin war, wirkte sie neben ihm doch ein wenig kindlich.

Die beiden verbrachten viele Stunden mit gemeinsamen Spaziergängen, in denen die Prinzessin viele Dinge erfuhr, die ihr bisher völlig unbekannt waren. Sie erfuhr über das Elend und Leid, das in vielen Teilen ihres Reiches herrschte und über die Prüfungen des Lebens. Allmählich erkannte sie, wie fern vom wahren Leben sie ihre Tage verbracht hatte. Sie begann, mit Saragon Reisen durch ihr Reich zu unternehmen. So lernte sie endlich ihre Untertanen kennen und konnte sich um ihre Sorgen und Nöte kümmern. In den hohen Bergen des Nordens begegnete sie den Heilkundigen und den weisen Frauen und wurde von ihnen in der Heilkunst und im Weg der Stille unterwiesen. So wurde aus der verwöhnten Prinzessin eine wahrhafte Königin, und als der alte König zu seinen Ahnen ins Lichtreich zurückkehrte, übernahmen Saragon und die Prinzessin die Herrschaft und lenkten in Weisheit und Güte die Geschicke ihres Volkes. Sie dienten ihren Untertanen, und in deren Wohlergehen fanden sie selbst ihr wahres Glück.«

»Mit diesen Worten endete das Märchen von Purpelius. Doch zum Schluß legte er mir noch dieses Geschenk in die Hand«, ergänzte Sunderami und hielt Myrronia die geöffnete rechte Hand hin. In ihr lag eine winzige blaue Glockenblume.

»Dann winkte er mir zu, zeigte auf einen leuchtenden Torbogen am Ende des Gartens und sagte, ich könne jederzeit in sein Reich kommen, wenn ich auf der Suche nach Märchen oder Träumen wäre. Dann war er plötzlich verschwunden, als habe er sich in Luft aufgelöst. Es war wirklich sehr, sehr seltsam. Und doch habe ich es wirklich erlebt«, sagte Sunderami kopfschüttelnd, während sie nachdenklich die Glockenblume in ihrer Hand betrachtete.

»Komm jetzt, laß uns nach Caerverock Castle zurückkehren, Myrrdhin und Dein Onkel werden uns bereits vermissen. Bewahre das Märchen des Asteroiden gut in Deinem Herzen, ich bin sicher, es wird Dich noch lange begleiten.«

Sie verließen gemeinsam das Druidengrab und wurden begeistert von Borga begrüßt, die angesichts des nicht enden wollenden Verweilens der beiden schon ernsthaft mit sich gerungen hatte, ob ihr Hundegewissen es ihr nicht doch gestatten würde, einfach den Hügel hinaufzustürmen und die beiden anzuspringen und zum Spielen einzuladen. Letztlich hatte sie sich dann aber doch für das geduldige Warten entschieden – sie war eben eine reife Hundeseele.

10. Der Tempel der Heilung

Myrrdhin und Myrronia verbrachten noch einige sehr harmonische Tage mit Sunderami und dem Pandit. Karunamar weihte zahlreiche Schüler in einen uralten Yoga-Pfad ein, und Myrrdhin und Myrronia konnten beobachten, welche tiefgreifenden Wandlungen sich mit den Menschen vollzogen, sobald sie sich für das innere Licht öffneten.

Die von »Mutter Indien« gehütete Weisheitstradition, mit ihrem seit Jahrtausenden überlieferten Wissen um mantrische Klänge und das Geheimnis des Atems, suchte ihresgleichen auf der Welt. Kein anderes Land der Erde hatte eine vergleichbar große Kraft aufgebracht, um Wege in die Tiefen des Geistes zu suchen.

Selbst Myrrdhin, der als Eingeweihter der »Sternenbruderschaft« über ein immenses geistiges Wissen verfügte, lernte von Pandit Karunamar noch immer neue Einsichten in die unauslotbaren Tiefen des menschlichen Geistes.

Nachdem ihre beiden Gäste schließlich abgereist waren, widmeten sich Myrrdhin und Myrronia wieder ihren vielfältigen Alltagspflichten. Briefe mußten beantwortet werden, Schüler kamen nach Caerverock Castle und Heilungssuchende aus vielen Ländern wandten sich um Hilfe an Myrronia. Hinzu kamen gelegentliche Reisen und die intensive Arbeit auf den inneren Ebenen.

So waren zwei Jahre ins Land gezogen, in denen Myrrdhin und Myrronia allerdings mit tiefer Freude feststellen konnten, daß sich das LICHT unaufhaltsam Bahn brach. Die beiden Treffen der »Sternenbruderschaft« hatten die Bestätigung gebracht, wie entscheidend sich das Bewußtsein auf Erden zu verändern begann. Anläßlich dieser Zusammenkünfte waren Myrrdhin und Myrronia auch wieder Pandit Karunamar begegnet und hatten über die nun fast erwachsene Sunderami gesprochen. Die Tage mit Myrronia hatten einen bleibenden Eindruck bei ihr hinterlassen, und nach der Schilderung des Pandits war sie auf einem guten Weg. Er deutete an, sie würden Sunderami möglicherweise bald wiedersehen. Myrrdhin hatte damals nur seiner Freude über ein erneutes Zusammentreffen Ausdruck verliehen und war von einem gelegentlichen Besuch des Pandits mit seiner Nichte auf Caerverock Castle ausgegangen. Doch es sollte ein unerwartetes Wiedersehen an einem anderen Ort geben.

Im Anschluß an die diesjährige Versammlung der Bruderschaft hatte der Meister Amiel Myrrdhin und Myrronia gebeten, wenn die Sonne durch das Zeichen des Löwen wanderte, zu einem Treffen im »Wolkenturm« zu kommen. Dort versammelten sich alle jene Wesen, Verkörperte und Lehrer der Geistigen Welt sowie auch die Wesenheiten der nicht-menschlichen Reiche, die mit der Heilungsarbeit befaßt waren. In der Regel begab sich nur Myrronia zum »Wolkenturm«, doch diesmal bat der Meister auch Myrrdhin um seine Teilnahme. Es mußten daher besondere Gründe vorliegen, wenn Amiel diese Bitte an Myrrdhin herantrug.

Die Sonne stand in der ersten Dekade des Löwen, als Myrrdhin und Myrronia sich in der »Sternenkuppel« in die Stille begaben, um die Reise zum »Wolkenturm« anzutreten.

Als sie durch das Portal zur Innenwelt geschritten waren, erwartete sie Elohira. Auch sie gehörte zu jener Schar, die mit dem Meister Amiel die Heilungsarbeit leistete und überwachte.

Der Weg zum »Wolkenturm« führte durch einige besonders beeindruckende Sphären der astralen Reiche. Sie durchquerten jene Edelsteinwelten, deren Energien im Bereich der Heilung verwandt wurden. Zahllose Scharen von Elementargeistern arbeiteten mit großem Einsatz an der Reinigung von eingesetzten Heilsteinen des Kristall- und Mineralreiches, meistens unter der Anleitung höherer Devas. Ganz vereinzelt fanden sich auch Menschen unter ihnen, in der Regel aber keine Verkörperten.

Dann gelangten sie in die Welt der Pflanzen, Blumen und Bäume, und auch hier waren zahllose Scharen mit der Aufbereitung heilender Essenzen und Tinkturen beschäftigt. Die innere Welt bereitete gewissermaßen das vor, was durch die Inspiration der Schutzengel oder durch sich inkarnierende Botschafter zu Heilungszwecken der Erdenmenschheit übermittelt werden sollte. Die Vielfalt der Pflanzenheilmittel, der Blütenessenzen oder der Baumtinkturen weckte stets Myrrdhins ganze Hochachtung, während Myrronia sich in alle Einzelheiten der verschiedenen Forschungsarbeiten vertiefte, um neue Einsichten für ihr eigenes heilerisches Wirken zu gewinnen.

An den Grenzen dieser Welt begannen die äußerlichen Formen der Pflanzen und Blumen vom Feinstofflichen in eine noch feinere geistige Hülle überzugehen. Die Blüten oder Knospen wurden zu reiner Lichtenergie, der Essenz ihres kosmischen Seins.

Jenseits dieser Welt begann dann schon die Sphäre des »Wolkenturms«. Silbrig-weiße Schleier zogen durch die Unendlichkeit und verbargen den Zugang zu seinem innersten Bereich. Nur wessen Geist im Einklang mit jener Sphäre schwang, erhielt Zutritt durch das »Archäus-Portal«.

Der »Wolkenturm« besaß gewaltige Ausmaße. Seine riesigen Mauern glichen gefrorenem Schnee, gekrönt von einer Kuppel aus Rosenquarz, die seine Innenbereiche in einen warmen Glanz tauchten, gleich den sonnengetränkten Blütenblättern einer zum Empfang einladenden Rosenkönigin. Auch der Duft ähnelte einer Verbindung aus Rose und Lavendel und belebte jedes Wesen, das durch eines der Portale schritt.

Vom »Archäus-Portal« führte eine von innen leuchtende Rhodochrosit-Treppe einen kleinen Hügel hinauf, auf dem sich der »Tempel der Heilung« erhob. Wenn man die Stufen emporgestiegen war, sah man, daß sich in den Außenmauern des »Wolkenturmes« vier Portale befanden. Jedes öffnete sich auf eine leuchtende Treppe. Im rechten Winkel zum »Archäus-Portal« führte hinter dem Torbogen eine Lapislazuli-Treppe den Hügel empor. Durch diesen Eingang schritten die »Meister der Heilung« und die Mitglieder der »Sternenbruderschaft«, es sei denn, sie kamen in Begleitung von verkörperten Erdenmenschen, dann wählten auch sie den Weg durch das »Archäus-Portal« und über die Rhodochrosit-Treppe.

Das gegenüberliegende Portal mündete in eine Amethyst-Treppe und war den Wesen der Engel-Hierarchie vorbehalten. Das vierte Tor war in der Regel verschlossen und die Treppe schien erloschen. Nur wenn Boten der Solaren Hierarchie den Tempel aufsuchten, öffnete es seine Pforten und die Treppe flammte in goldenem Feuer auf.

Die unterschiedlichen Portale waren notwendig, um die Ankommenden alle auf die Schwingungen des »Tempels der Heilung« einzustimmen. Seine Grundnote entsprach jener der »Meister der Heilung«. Die Verkörperten wurden in ihrem Energiefeld angehoben, um sich im »Wolkenturm« bewegen zu können, während die Wesen der Engel-Hierarchie und in noch stärkerem Maße die Solarwesenheiten ihre aurischen Kraftfelder verdichten mußten, um mit der Lebenssphäre im »Tempel der Heilung« im Einklang zu schwingen.

Während Myrrdhin und Myrronia Elohira auf den Stufen der Rhodochrosit-Treppe folgten, spürten sie, wie jegliche Erdenschwere abfiel und selbst ihre feinstofflichen Körper in eine höhere Schwingungsstufe übergingen. Es war, als ob sie aus einem kühlen Tunnel in eine sonnenüberflutete Palmenlandschaft eintreten würden, die eine klamme Erstarrung löste und neue Freude und Lebensenergie schenkte. In diesem Gefühl des Erhobenseins traten sie vor die Lichtschranke des Tempels. Ganz behutsam umfing sie das fluoreszierende Licht und hob sie, wie auf einer Wolke schwebend, ins Innere des Tempels.

Der »Tempel der Heilung« offenbarte erst in seinen Innenräumen seine wahrhaft majestätische Schönheit. In seiner Mitte stiegen die kristall-blauen Fontänen der »Quelle der Heilung« auf. Sie berührten fast die Kuppel des Tempels, die aus zartem Aquamarin zu schimmern schien, allerdings weniger aus Kristallen denn aus Licht bestehend. In weiten Bögen perlten die Fontänen dann auf den schneeweißen Sternenmarmor des Tempelbodens, aufgefangen von einem Lotoskelch riesigen Ausmaßes, der wie farbiges Glas in tausendfacher Brechung funkelte und glitzerte. Innerhalb des Kelches bewegten sich die Heilungssuchenden, die, ihrer Aura nach, alle noch in Erdenkörpern zu leben schienen.

»Die »Quelle der Heilung« wird entweder von Menschen in der Meditation aufgesucht«, erklärte Myrronia Myrrdhin, »oder sie werden während Heilungsgottesdiensten von Heilern oder Heilengeln zu uns geführt. Die Quelle dient nicht zur Behandlung spezieller Krankheiten, sondern der allgemeinen Reinigung und Erneuerung der Lebenskräfte. Sie erleichtert das Überwinden von Süchten, die Heilung von Depressionen und Melancholie und den Neuaufbau des Ätherkörpers, der durch die Umweltbelastung auf Erden immer weniger in der Lage ist, die kosmische Lebenskraft aufzunehmen. Er ist fast ausschließlich mit der Abwehr von Giften und Krankheitskeimen beschäftigt.«

»Die Behandlung bestimmter Krankheiten erfolgt in speziellen Heilungs-Sanktuarien«, ergänzte Elohira.

»Doch bevor wir diese aufsuchen, möchte ich noch jemanden zu Euch bringen.«

Sie verschwand in einem Seitenflügel, um kurz darauf mit einer jungen Frau in einem langen weißen Gewand, mit einem Lapislazuli über dem Herz-Chakra, wieder in die große Halle zurückzukehren. Es war Sunderami.

Sie fiel Myrronia freudig um den Hals und sprudelte sofort heraus: »Ich mußte noch lange über das Märchen des Asteroiden nachdenken. Auch ich lebte in gewisser Hinsicht wie diese Prinzessin, und erst nachdem ich ebenfalls viele Wochen durch mein Land gewandert war, verstand ich, was es heißt, zu lieben und zu dienen. Eines Tages brachte mein Onkel mich dann zu einem Heiler in die Berge, der mich als seine Schülerin annahm. Mit ihm bin ich heute erstmals in den Tempel gekommen.«

»Kommt«, unterbrach Elohira die begeisterte Sunderami, »der Meister Amiel erwartet uns.«

Sie folgten Elohira durch einen langen Seitengang, an dessen Ende sich eine wundervoll verzierte Tür befand. Sie zeigte den Lebensbaum, von innen heraus leuchtend, die Blätter mit funkelnden Lichtdiamanten besetzt.

Wie von unsichtbarer Hand geöffnet, schwang die Tür auf, und sie traten ins Innere der Räumlichkeiten von Meister Amiel. Er war, ähnlich wie Sunderami, mit einem schlichten weißen Gewand gekleidet, das allerdings in der Hüfte von einem blauen Gürtel umschlungen war. Auch er trug einen Lapislazuli über dem Herzen, der allerdings in erheblich intensiverer Strahlkraft aufleuchtete als jener seiner Schülerin.

Der Raum wirkte nicht sehr groß, doch schienen die drei weit ausladenden Fenster, zwei an den Seiten und eines an der Stirnseite, sich aus dem Raum zu entfernen. Auf wundersame Weise waren sie mit den drei Portalen des »Wolkenturmes« verbunden, und offensichtlich führte nur die Rhodochrosit-Treppe durch den Tempel und den langen Gang in Amiels Räumlichkeiten.

»Willkommen im Tempel der Heilung«, begrüßte sie der Meister.

»Du, meine liebe Schwester, warst schon oft bei mir«, wandte er sich an Myrronia. »Doch Du, Sunderami, kommst heute zum ersten Mal. Wir haben Deinen Weg genau beobachtet, und Dein aus reinem Herzen kommender Entschluß blieb nicht unbemerkt. So sollst Du heute in die Schar jener aufgenommen werden, die auf Deinem Planeten unsere Heilungsgabe weiterreichen.

Du weißt, es bedarf zu Deiner Tätigkeit nicht nur eines reinen Herzens, sie erfordert auch das Wissen um die großen Gesetze des Lebens. So wollen wir Dich heute mit dem Wirken der Heilungskraft vertraut machen. Du wirst eine Lehrerin haben, die Dich zusammen mit mir in das Heilungsgeschehen einweihen wird.«

Mit diesen Worten trat er einige Schritte zurück, schob einen im hinteren Teil des Raumes befindlichen Vorhang beiseite und kam mit einer jungen Frau auf Sunderami zu. Diese empfand sofort eine tiefe Zuneigung zu ihrer neuen Lehrerin, und es schien ihr, als sei ihr das Gesicht aus ihren Träumen vertraut. Hätte Myrronia nicht hinter ihr gestanden, so hätte sie deren Überraschung erkennen können.

»Herzlich willkommen im ›Tempel der Heilung‹, meine Tochter.«

»Du bist meine Mutter gewesen?« fragte Sunderami voller Erstaunen, gleichzeitig zwei große Schritte auf sie zu machend.

»Ja, ich war in meinem letzten Erdenleben Deine Mutter, und da das ewige Gesetz alles in Liebe Verbundene erneut zusammenführt, sehen wir uns heute wieder.«

Als die beiden jungen Frauen einander in den Armen hielten, empfanden alle Anwesenden, wie in der Liebe die Ewigkeit Einkehr in die Welt der Zeit nimmt.

Amiel segnete die beiden und begann dann mit dem Unterricht.

Seine Schüler führten Patienten in den Raum, und der Meister erklärte Sunderami die Funktionsweise der Energiezentren, sowohl im physischen wie auch im feinstofflichen Bereich. Ihre Mutter führte ihre Hände, um ihr ein Gespür für die in den einzelnen Körpern fließenden Kräfte zu vermitteln.

Zwei Tage lang wurde Sunderami in allen Einzelheiten unterwiesen. Sie lernte, zwischen körperlichen und geistigen Krankheiten zu unterscheiden, die völlig unterschiedliche Behandlungen erforderten, wenngleich immer eine Verbindung von Geist und Körper gegeben war. Sie lernte, die Heilfarben und die Edelsteine einzusetzen, und vor allem begann sie, das Gesetz des Karma zu verstehen. Sie erkannte, daß es keine Liebe war, eine Krankheit aufzulösen, wenn sie die einzige Möglichkeit für eine Seele darstellte, eine bestimmte Lektion in Freiheit zu lernen. Sie wurde von Tag zu Tag demütiger, als sie begann, die unendliche Weisheit der göttlichen Gesetze zu erkennen, die alles Geschaffene in Freiheit der Quelle zuführten.

Am dritten Tag durfte sie erstmals mit einem »Engel der Heilung« zusammenarbeiten. Es war ein Wesen von ehrfurchtgebietender Schönheit und Kraft. Von seiner Polarität her würde sie es eher als »männlich« eingestuft haben, doch galten diese Zuordnungen im Reich der Engel nicht mehr. Sie waren einfach unzureichend und ungenau, wurden der unterschiedlichen Vielfalt und Mannigfaltigkeit der Engel-Hierarchien nicht gerecht.

Der »Engel der Heilung« lehrte sie, ihr Bewußtsein mit dem seinigen zu verbinden und die kosmische Heilkraft durch ihren Körper strömen zu lassen. Dabei lernte sie, daß sie den Strom schmälerte oder unterbrach, wenn sie mit ihrem eigenen Willen die Behandlung steuern wollte. Nur wenn sie sich in völliger Hingabe mit dem Engel verband, spürte sie den Heilungsstrom in ganzer Kraft durch sie hindurchpulsieren. Sie mußte innerlich bekennen: »Dein Wille geschehe«, dann war sie wahrhaft eingestimmt. Ihre Hände schienen dann nicht nur glühend heiß zu werden, sie fühlten sich auch weicher und zarter an, so als habe der Geist sie transformiert. Manchmal erstreckte sich dieses Gefühl sogar auf den ganzen Arm.

Die Übungen mit dem »Engel der Heilung« waren die bisher beglückendsten für Sunderami; aber sie konnte sie nur eine gewisse Zeitlang ausüben, dann spürte sie, wie ihr Körper eine Phase der Ruhe benötigte, um einen Spannungsausgleich herbeizuführen. Die Energie des Engels schwang auf einer soviel höheren Ebene als ihre eigene, daß sie diese nicht unbegrenzt durch ihren Körper strömen lassen konnte. Der Engel spürte die beginnende Ermüdung sofort und bettete sie dann zur Erholung auf einen der Blütenteppiche am Rande der Quelle. Er strich sanft über den Körper, und Sunderami spürte, wie eine Woge der Lebenskraft sie erfüllte. Übergangslos fiel sie daraufhin in einen tiefen Erholungsschlaf.

Nach einigen Tagen war Sunderamis Ausbildung in den Grundzügen abgeschlossen, und der Meister Amiel bat sie zusammen mit Myrrdhin und Myrronia in sein Zimmer.

»Du hast hier im Tempel viel gelernt, und Du warst eine wundervolle Schülerin. Unser Segen wird mit Dir sein, und Du wirst Dein Licht unter Deinen Erdengeschwistern leuchten lassen. Bevor Du jedoch in Deine Welt zurückkehrst, möchte ich Dir noch eine letzte Unterweisung geben.

Ich habe Myrrdhin gebeten, diesmal mit Euch zu kommen, weil wir seit heute eine besondere Aufgabe übernommen haben. Nach dem Großen Gesetz kann der Schatten und die Schuld auf Erden nur gemäß dem Maß des Anwachsens von Licht und Liebe gelöscht werden. Die Kräfte des Lichtes auf Erden haben nun in so starkem Maße zugenommen, daß uns die Solare Bruderschaft die Vollmacht erteilt hat, Wesen aus den Händen der Dunkelheit zu befreien und sie wieder in den normalen Entwicklungsweg einzugliedern. In unserem Falle betrifft es Wesen, die in der Sphäre von Miranda, dem Uranus-Mond, gefangengehalten werden. Es wird nun Myrrdhins Aufgabe sein, mit der Hilfe eines Engels aus der Schar der »Hüter des Karma«, jene Unglücklichen zu uns zu bringen und sie ihrer Bestimmung zuzuführen. Es wird jedoch unserer gemeinsamen Anstrengungen bedürfen, um die Mächte der Dunkelheit niederzuringen.«

Mit diesen Worten nahm er Myrrdhin zur Seite und verließ mit ihm durch das Lichtfenster der hinteren Seite den Raum. Sie wurden empfangen von einem mächtigen Sonnenwesen, verglichen mit dessen geistiger Vollmacht sich Myrrdhin als Novize empfand.

Jene herrliche Gestalt nahm Myrrdhin und den Meister Amiel in seine Aura auf, und sie spürten nur noch, wie sie mit Geisteskraft die kosmischen Weiten durchmaßen.

Als die den Zielpunkt ihrer Reise erreicht hatten, erlangte Myrrdhin wieder sein normales Bewußtsein. Die Sphäre, in der sie sich befanden, strahlte eine entsetzliche Kälte aus. Myrrdhin spürte, wie sie langsam in sein Herz kroch, und er richtete unwillkürlich sein Bewußtsein auf den »Hüter des Karma« an seiner Seite aus. Sofort löste sich die Kälte von ihm, und sein Bewußtsein gewann seine Klarheit zurück. Hier war er offensichtlich mit Kräften konfrontiert, die seine Macht bei weitem überstiegen.

Noch während Myrrdhin diesem Gedankengang folgte, bemerkte er, wie der Engel und der Meister Amiel einen Energiestrahl auf die Sphären von Miranda richteten, der gleich einer Explosion auf den Uranus-Mond traf. In diesem Strahl schienen sich Wesen zu lösen und in das Energiefeld des majestätischen Engels emporgezogen zu werden. Der Meister schien dabei eher die Rolle des Auswählenden zu übernehmen, während der »Hüter des Karma« die dunkle Macht überwand. Dieser Vorgang wiederholte sich noch zweimal, dann schloß der Engel sein Kraftfeld wieder, und Myrrdhin fühlte sich mit ungeheurer Geschwindigkeit zum »Wolkenturm« zurückgezogen.

Als sie das Zimmer von Meister Amiel erreicht hatten, konnte Myrrdhin erkennen, daß sie sieben menschliche Gestalten mitgenommen hatten. Sie unterschieden sich kaum von den anderen Verkörperten, die er in der »Quelle des Lebens« beobachtet hatte, nur eine Besonderheit wiesen sie auf. Ihr Herz-Chakra war von einer schwarzen Korona umgeben.

Sie sahen sich in Amiels Zimmer um, der dann das Wort an sie richtete.

»Ihr seid durch eigene Schuld in der Sphäre von Miranada gebannt gewesen. In freier Entscheidung habt Ihr Euch den Mächten des Hasses und der Zerstörung als Diener angeboten. Schwer war Eure Schuld und schwer war Euer Los. Durch die Gnade der »Hüter des Karma« sollt Ihr jetzt jedoch wieder frei werden und erneut den Pfad ins Licht beschreiten können.«

Während Amiel sprach, war er in den Hintergrund seines Zimmers getreten, und als er sich umwandte, hielt er einen Logorith-Stab in der Hand, der vom Feuer der Solaren Bruderschaft erfüllt war.

Er ließ Myrrdhin jeden einzelnen der Sieben vor sich führen, und während Myrrdhin ihnen die Hand auf das Scheitel-Chakra legte, berührte er ihr Herz-Chakra mit der Spitze des Logoriths. In jedem Fall erbebte der »Wolkenturm« von einer Erschütterung, so als wollte eine gewaltige Macht das Geschehen verhindern. Doch der »Tempel der Heilung« stand unter dem Schutz der »Hüter des Karma«, und keine Macht der Finsternis vermochte ihren Lichtschild zu durchdringen.

Als die sieben ehemaligen Gefangenen von Miranda vom Einfluß der Macht der Dunkelheit befreit waren, konnten Myrrdhin, Myronia und Sunderami erkennen, daß die schwarze Korona nicht länger die Herz-Chakras umfangen hielt. Alle waren während des Geschehens in tiefe Bewußtlosigkeit gefallen, und Amiel erklärte seinen drei Helfern, daß sie sich jetzt mit ihren Schutzengeln auf eine erneute Inkarnation vorbereiten würden, um dann von neuem ihren Weg zurück zum göttlichen Ursprung zu beschreiten. Zu Sunderami gewandt, fügte er noch hinzu.

»Was Du heute erlebt hast, war die Erfüllung des Gesetzes – und das Gesetz heißt Liebe. Beachte aber, Sunderami, daß Du stets das Maß Deiner Kräfte richtig einschätzt. Das Erlösungswerk, das wir hier gemeinsam vollbrachten, konnte nur unter dem Schutz der mächtigen »Hüter des Karma« erfolgen. Vergiß also nie, wenn Du auf Erden dem Schatten begegnest, die Hilfe der leuchtenden Scharen zu erbitten. Aus Dir selbst heraus bist Du noch nicht stark genug, um den »Meistern der linken Hand« Widerstand zu leisten. Du würdest unterliegen und damit unserer gemeinsamen Sache schaden. Mit Deinem Engel an Deiner Seite und unter dem Schutz der »Sternenbruderschaft« bist Du jedoch ein unüberwindliches Werkzeug des LICHTES. Nimm diese Lehre tief in Dein Herz auf.«

Sunderami verneigte sich zustimmend und versprach, die großen Gesetze zu beachten und nicht hochmütig und leichtfertig zu handeln.

Myrrdhin, Myrronia und Sunderami verweilten noch zwei Tage im »Wolkenturm«. Dann verabschiedeten sie sich voneinander und kehrten in ihre Welten zurück.

Caerverock Castle war in tiefe Dunkelheit gehüllt, als Myrrdhin und Myrronia in der »Sternenkuppel« wieder in ihre Körper eintraten. Sie verweilten noch einige Augenblicke gemeinsam in der Stille und begaben sich dann zur Ruhe.

11. Auf dem Dach der Welt

Myrrdhin dachte in den Tagen nach seiner Rückkehr vom »Wolkenturm« noch oft an die Erfahrung auf Miranda zurück. In den Augenblicken, als der Meister Amiel die gebannten Wesen aus ihrer Gefangenschaft befreite, hatte es einen kurzen Gedankenaustausch zwischen ihm und dem »Hüter des Karma« gegeben, der darin bestanden hatte, daß jener ihn anwies, das »Flammenfeuer des Karfunkelsteines« einzusetzen; was immer dies auch bedeutet haben mochte. Im gleichen Augenblick war Myrrdhin selbst von einem Flammenstrom erfaßt und aus seiner Erstarrung befreit worden. Was für eine Kraft wirkte hier?

Myrrdhin hatte Amiel dann im »Wolkenturm« nach dieser ihm unverständlichen Anweisung während des Eingreifens auf Miranda gefragt, doch der Meister wollte ihm hierzu offensichtlich keine weiteren Auskünfte geben. Er verwies Myrrdhin lediglich darauf, er werde in Kürze mehr darüber erfahren. So blieb ihm nur die Vermutung, das Geheimnis des Karfunkelsteines müsse im Zusammenhang mit der Erlösung von Wesen aus der Macht der »Meister des linken Pfades« stehen. Das war aber auch schon alles. Was diesen Bereich anbetraf, zeigte sich die »Sternenbruderschaft« ohnehin stets äußerst zurückhaltend.

Nach einigen Wochen hatte jedoch die Alltagsarbeit Myrrdhins Aufmerksamkeit wieder ganz in Anspruch genommen, und die Geschehnisse auf Miranda waren in den Hintergrund gerückt.

So ahnte Myrrdhin auch nichts von einem Zusammenhang, als sich aus London ein tibetischer Rinpoche zu Besuch ankündigte.

Zwei Tage später traf Gyaltsen Tschögyal auf Caerverock Castle ein. Er war von mittlerer Größe, kräftig und voller Vitalität, obwohl die weißen Haare auf ein gewisses Alter hindeuteten. Seine Augen zeichneten sich durch eine außerordentliche Wachheit aus, zudem funkelte ein sprühender Humor aus ihnen. Dieser schien nicht unmerklich zu der Lebensfreude beizutragen, die Gyaltsen Tschögyal ausstrahlte. Interessiert betrachtete er mit Myrrdhin und Myrronia die Räume von Caerverock Castle, wobei er besonders der »Sternenkuppel« seine Aufmerksamkeit schenkte.

Er hatte Myrrdhin bisher nichts über den Grund seines Besuches wissen lassen, was diesen allerdings nicht sonderlich verwunderte. Er zählte Ungeduld nicht zu seinen Schwächen und konnte warten, bis sein ungewöhnlicher Besuch von sich aus das Wort ergriff. Noch schien aber der Zeitpunkt nicht gekommen, denn der Rinpoche zog sich früh zurück, ohne sich aber schlafen zu legen; denn Myrrdhin und Myrronia hörten noch lange einen eintönigen, aber sehr kraftvollen Gesang aus seinem Zimmer kommen.

Am nächsten Morgen gesellte er sich in ausnehmend guter Stimmung, die geradezu ansteckend auf alle Bewohner von Caerverock Castle wirkte, zu Myrrdhin und Myrronia, die gerade am Frühstückstisch Platz genommen hatten.

»Nur einen kleinen Happen für den guten alten Rinpoche. Man muß ja auf seine Figur achten, und alte Leute sollten ohnehin nicht viel essen.«

Myrrdhin mußte schmunzeln, nahm aber die Bemerkung zum Anlaß, seinen tibetischen Gast nach seinem Alter zu fragen.

»Dieser hungrige Körper«, deutete der Rinpoche auf sich, »wandert jetzt schon im dreiundneunzigsten Jahr auf dem Pfad des Dharma, und es scheint so, als sollte der Bardo noch einige Jahre auf mich warten müssen.«

Überrascht musterte Myrrdhin nochmals sorgfältig Gyaltsen Tschögyal. Er wirkte wie ein vitaler Sechziger, aber keinesfalls wie ein Mann, der sich den Jahren nach im Greisenalter befand; und in der Tat erweckte er nicht den Eindruck, als würde er das Jenseitsreich des Bardo schon in naher Zukunft betreten.

Tschögyal widmete sich schweigend dem Frühstück, das er gesammelt und mit sichtlichem Appetit verzehrte. Danach blickte er Myrrdhin mit seinen unergründlichen Augen an und fragte ihn, ob er Zeit für einen kleinen Spaziergang hätte.

So richteten sie ihre Schritte in Richtung Druidengrab, und Myrrdhin nahm einmal mehr mit Hochachtung zur Kenntnis, daß der Rinpoche, wie fast alle Tibeter, trotz der spätherbstlichen Kühle barfuß in seinen Sandalen einherging, nur mit seiner Möchsrobe bekleidet, die Arme weitgehend entblößt. Er schien jedoch nicht die geringste Kälte zu verspüren, sondern tauchte erfreut in die kalten Westwinde ein. Vielleicht mochten sie ihn ein wenig an die eisigen Stürme des tibetischen Hochlandes erinnern.

Sie waren eine kurze Strecke schweigend gewandert, als Gyaltsen Tschögyal übergangslos das Wort an Myrrdhin richtete.

»Seine Heiligkeit, der Dalai Lama, läßt Euch durch mich seine Grüße übermitteln. Ich bin in seinem Namen unterwegs, um nach Tibet zu reisen. Den Grund des Besuches in meiner Heimat möchte ich Dir noch vorenthalten, um Dir unnötige Fragen an unrechtmäßigen Grenzen zu ersparen. Seine Heiligkeit lädt Dich jedoch ein, mich auf meiner Fahrt zu begleiten. Sie wird Dich an ungewöhnliche Orte führen und Dir Antworten auf einige Fragen schenken.«

Unwillkürlich mußte Myrrdhin an das Geheimnis des Karfunkelsteines denken, während er die letzten Worte des Rinpoches vernahm. Er blickte ihn an, um in seinem Gesicht eine mögliche Antwort ablesen zu können, doch die Züge dieses geheimnisvollen Alten drückten alles oder nichts aus, wenngleich das vergnügliche Funkeln seiner Augen ein tiefes Wissen um alle Zusammenhänge anzudeuten schien.

Myrrdhin zögerte nicht, die Einladung anzunehmen, war allerdings überrascht, als sein Gast schon am kommenden Morgen aufbrechen wollte. Er wies ihn auf die Notwendigkeit von Visa und weiteren erforderlichen Papieren hin, doch der Rinpoche griff nur lächelnd in die unauslotbaren Tiefen seiner Robe und brachte einen größeren Umschlag zum Vorschein, den er ihm reichte. Zu Myrrdhins nicht geringer Verwunderung erhielt er sämtliche erforderlichen Dokumente, ausgestellt auf den kommenden Tag.

Selbst Myrrdhin, dem in seinem Leben schon manche ungewöhnliche Erfahrung zuteil geworden war, wollte in diesem Moment einige klärende Fragen stellen, doch Gyaltsen Tschögyal kam ihm zuvor und sagte: »Meinst Du nicht, es wird Zeit zum Packen. Wir haben nur noch wenige Stunden bis zu unserer Abreise.«

Damit machte er kehrt und schritt äußerst zügig auf Caerverock Castle zu, so daß sich Myrrdhin erneut verwundert fragen mußte, welche Kräfte wohl in diesem Dreiundneunzigjährigen schlummerten.

Am nächsten Morgen brachen sie auf, und zehn Stunden später umfing sie bereits in Shrinagar die milde Luft von Kashmir. Nun überraschte es Myrrdhin auch nicht mehr, in Shrinagar von Pandit Karnunamar begrüßt zu werden, der sie mit allem Notwendigen versorgte, um auf schlechten Wegen das alte Königreich Guge zu erreichen, das Myrrdhin als erstes Ziel ihrer Reise genannt wurde. Sie dankten dem Pandit für seine großzügige Hilfe und brachen unverzüglich auf.

Obwohl es schon spät im Jahr war, kamen sie auf wenig befahrenen Straßen gut voran. Nach einer Woche hatten sie Guge erreicht, wo der Pandit zwei zuverlässige Führer für sie angeworben hatte; und da die Zeit drängte, zog die kleine Karawane mit ihren fünf Yaks schon am nächsten Morgen weiter in Richtung auf den Schipki-Paß.

Die große Höhe und die eiskalte Luft lösten in Myrrdhin eine innere

Leere aus, ein vollständiges Freiwerden von Gedanken, das er als außerordentlich beglückend empfand. Die unendliche Weite des tiefblauen tibetischen Himmels verschmolz mit seinem Bewußtsein, und er wurde eins mit allem, was ihn umgab. Da existierte kein Unterschied mehr zwischen Yaks und Führern, zwischen Schneestürmen und Eisgipfeln – dies alles war Teil seines eigenen Seins, lebte in ihm.

So ritt er neben dem Rinpoche her, und er mußte sich geradezu bemühen, in sein normales Körperbewußtsein zurückzukehren. Gyaltsen Tschögyal sprach kaum etwas, aber sein gelegentlich auf Myrrdhin gerichteter Blick schien ihm alles zu vermitteln, was er an Information benötigte. Sie waren auf dem rechten Pfad.

Nach der Überquerung des Schipki-Passes verlangsamte sich ihr Fortkommen erheblich. So benötigten sie eine weitere Woche, bis sie das alte, doch leider inzwischen stark zerstörte Tsaparang erreichten. Nach drei weiteren strapaziösen Tagen sahen sie die Mauern von Tholing vor sich, und während Myrrdhin abends bei unzähligen Tassen heißen Tees versuchte, seine Lebensgeister zu erwecken, enthüllte ihm der Rinpoche endlich das Ziel ihrer Reise – der Kailash. Er ließ Myrrdhin auch wissen, daß es mächtige Kräfte gegeben habe, um ihre Reise zu verhindern, deshalb hatten nur drei Menschen den tieferen Grund ihrer Reise gekannt, um auch auf einer gedanklichen Ebene keinen Zugriff zu ihrem Vorhaben zu gestatten.

Myrrdhin hörte sich schweigend die Ausführungen des Rinpoche an und wußte jetzt, daß ihre Reise noch einige bedeutende Ereignisse für sie bereithalten würde. Er hüllte sich in alle Decken ein, die ihm zur Verfügung standen und hoffte, den nächsten Morgen ohne Erfrierungen begrüßen zu können. Dann übergab er sein Schicksal den Buddhas des unendlichen Mitgefühls und fiel in einen erschöpften Schlaf.

Obwohl die Nacht bitterkalt gewesen war und eisige Stürme sich durch die Mauern der Klosterruine, in der sie lagerten, einen heulenden Weg gebahnt hatten, erwachte Myrrdhin gestärkt und voller Lebensfreude. Sein Bewußtsein schien die Klarheit der Landschaft widerzuspiegeln und zugleich vom Frieden einer uralten Weisheit erfüllt zu sein. Der Rinpoche hatte mit ihren beiden Führern bereits die Yaks beladen und Tee zubereitet. Nach einem kurzen, äußerst spartanischen Frühstück brach man auf.

Da einige der Flüsse inzwischen zugefroren waren, konnten zahlreiche natürliche Hindernisse auf ihrem Weg mühelos überwunden werden. Trotzdem lagen kraftraubende Märsche hinter ihnen, als sie nach einigen notgedrungenen Umwegen, bedingt durch Lawinen und Felsrutsche, endlich auf dem Gipfel des Gurla-Passes standen und den heiligsten aller heiligen Berge begrüßen konnten. Trotz der morgendlichen Kälte und des schneidenden Windes ließen der Rinpoche, Myrrdhin und die beiden Führer sich zu einer kurzen Meditation nieder, für die Gyaltsen Tschögyal eine traditionelle Puja zelebrierte.

Wenn Myrrdhin je in seinem physischen Körper die Gegenwart der Götter verspürt hatte, so war es hier. Der majestätische Dom des Kailash wachte gleichsam von ferne über ihrem Pfad. Im Osten, gegen Sonnenaufgang, glänzte das tiefblaue Licht des heiligen Manasarovar-Sees, und im Westen, gegen Sonnenuntergang, drohten die dunklen Gewässer des Rakastal. Hier, auf dem Dach der Welt, dem Zentrum der Erde, am Gipfel des Weltenberges Meru, dessen äußere, sichtbare Erscheinung der Kailash ist, mußten Licht und Schatten, Götter und Dämonen einander unausweichlich begegnen. Daher kann es nicht verwundern, wenn die beiden Seen zu Füßen des Kailash schon in ihren Namen diese Polarität ausdrücken. »Manas« bezeichnet im Sanskrit, der heiligen Sprache der vedischen Seher, Geist oder Bewußtsein. So symbolisiert der Manasarovar-See die Kräfte des Lichtes und der Erleuchtung.

»Rakas« oder »Rakshasa« dagegen bezeichnet die Dämonen. So symbolisiert der Rakastal-See die Kräfte der Dunkelheit und der Zerstörung.

Hob sich diese Polarität im Göttlichen auch, gleichsam in einer »coincidentia oppositorum«, wieder auf, so mußte der Sucher auf dem Pfad während seiner Inkarnation doch genau zu unterscheiden lernen, mit welchen Kräften er sich einließ. Auch die Mächte der Zerstörung wirkten im Einklang mit dem Göttlichen Plan – denn was konnte gegen ihn handeln –, doch entband sie dies nicht von den karmischen Folgen ihres furchtbaren Wirkens. »Wer ungerecht getötet habe, werde wieder getötet, gewiß für den Täter ein Unrecht, dem aber, dem es widerfährt, zu Recht, und zwar geschehe dies so, daß der, welchem es widerfahren soll, zusammengeführt wird mit einem, der geeignet ist, zu vollführen, was jenem zu Erleiden bestimmt ist. Was er jetzt erleiden muß, hat er einst selbst verübt.« Diese Worte des weisen Plotin, jenes erleuchteten alexandrinischen Philosophen, kamen Myrrdhin in diesem Augenblick in den Sinn, als er die beiden Seen betrachtete. Tibet oder Alexandria, der Atlantik oder die heiligen Seen, sie alle waren nur Gleichnisse; und für den Geist, der die Schranken der Zeit überwunden hatte, existierten sie im Hier und Jetzt.

Der Rinpoche hatte seine Puja beendet und sich erhoben; und Myrrdhin wurde durch diese Aktivitäten wieder in die greifbare Wirklichkeit des Gurla-Passes zurückgerufen. Plötzlich spürte er wieder schmerzhaft die Angriffe der Sturmgeister, die winzige Pfeile auf sein Gesicht abzuschießen schienen.

Gyaltsen Tschögyal ergriff seine Hand und zog ihn sanft empor, wo er seine etwas steif gewordenen Gliedmaßen wieder auf Bewegung und Vorwärtsschreiten einzustimmen versuchte. Endlich hatte er sich wieder auf sein Yak hinaufgekämpft und wollte den Abstieg von der Paßhöhe beginnen. Doch der Rinpoche griff ihm in die Zügel und hieß ihn so, noch einen Augenblick innezuhalten.

»Wir sind einen weiten Weg gegangen, um zu diesem Ort zu gelangen. Dies ist heiliger Boden, und wir treten ein in die Welt der Götter. Wir wollen uns innerlich vorbereiten, und ich möchte, bevor wir hinabsteigen, noch zwei Sätze mit Dir teilen, die mein verehrter Lehrer, der große Lama Anagarika Govinda, mir über den Kailash anvertraut hat. Er lehrte mich: »Nur wer das Göttliche in seiner furchtbarsten Form erlebt hat, wer es gewagt hat, der unverschleierten Wahrheit ins Auge zu sehen, ohne davon überwältigt und verstört zu werden – nur ein solcher Mensch ist imstande, die mächtige Stille und Einsamkeit des Kailash und seiner heiligen Seen zu ertragen und die Gefahren und Mühen auf sich zu nehmen, die der Preis sind, den der Pilger zu zahlen hat, um in die göttliche Gegenwart im heiligsten Bezirk dieser Erde zugelassen zu werden. Wer aber seinen Komfort und seine Bequemlichkeit, seine Sicherheit und die Sorge um sein eigenes Leben aufgegeben hat, wird mit dem unbeschreiblichen Erlebnis höchster Glückseligkeit belohnt.«

Laß uns jetzt im Gedenken an den großen Lama hinabsteigen. Die »Sternenbruderschaft« sandte uns mit einer Aufgabe zum heiligen Berg. Wir wollen sie erfüllen.«

Mit diesen Worten flüsterte er seinem Yak ein heiliges Mantra ins Ohr und begann, auf dem steilen Geröllpfad hinabzusteigen, dem Manasarovar-See entgegen.

Während sie behutsam von ihren Yaks den abschüssigen Pfad hinabgetragen wurden, riß der Himmel über der Hochebene auf, und die Geister der Lüfte zeichneten eine blau-weiße Wolkenlandschaft in den Himmel, die sich in der völlig stillen Oberfläche des Manasarovar-Sees verdoppelte. Ein unsagbarer Frieden lag über der Landschaft, der nicht nur den Geist erfüllte, sondern jede Zelle des Körpers durchdrang und verwandelte. Myrrdhin spürte, wie seine physische Form von innen heraus verklärt wurde. Jeder Krankheitskeim und jeder Anflug von menschlicher Schwäche wurde aufgelöst von einer gewaltigen Energie, die sein gesamtes Wesen erfaßte. Dies mußte der weise Lama Govinda gemeint haben, als er den Pilger auf die Transformationsprozesse zu Füßen des Kailash hinwies. Nicht jeder fromme Hindu oder Buddhist mochte sie gleich intensiv erfahren, doch für die Eingeweihten der »Sternenbruderschaft« bedeutete sie einen letzten Gang durch das Feuer der Läuterung.

Myrrdhin beobachtete Gyaltsen Tschögyal, doch dessen undurchdringliches Gesicht ließ nicht erkennen, ob er ähnliche innere Erfahrungen durchlebte. Still, in sich gekehrt, preßte er sich an sein Yak, um dessen Wärme aufzunehmen und zugleich dem Sturm so wenig Widerstand wie möglich zu bieten.

Glücklicherweise nahmen die Widrigkeiten der Natur ab, je weiter sie auf die Hochebene hinabstiegen. Als sie endlich auf der Höhe des Sees angekommen waren, herrschte nahezu Windstille, und die Sonne schenkte ihnen sogar einen Hauch von Wärme. Es war bereits später Nachmittag, und so beschlossen sie, im Schutz einer verwitterten Tempelruine, ihre Zelte aufzuschlagen. Die Windstille ermöglichte ihnen das Entzünden eines Feuers und die Wohltat einer stärkenden warmen Mahlzeit.

Die Nacht war sternenklar, und Myrrdhin konnte sich lange nicht von dem einmaligen Anblick des gestirnten Firmamentes und seiner Spiegelung in der nachtschwarzen Tiefe des heiligen Sees lösen. Schließlich legte er sich aber doch schlafen und sank übergangslos in eine Form des Wachschlafes, wie er sie bisher bei sich so noch nicht erlebt hatte.

Seine physische Hülle befand sich in tiefem Schlaf, die Augen geschlossen. Sein Bewußtsein jedoch war hellwach, und er nahm alles wahr, was um ihn herum geschah. Ganz allmählich löste er sich aus seinem Körper, ohne allerdings irgendeine geistige Übung dafür zu benötigen. Es geschah völlig natürlich. Dann sah er den Rinpoche neben sich stehen, von einem schimmernden grünen Licht umgeben. Er winkte ihn zu sich, und Myrrdhin begab sich zu ihm. Gemeinsam richteten sie ihre Aufmerksamkeit auf den See, den sie tiefdunkel vor sich liegen sahen.

Plötzlich flammte über ihnen, aus den unendlichen Weiten des

Himmels, ein Lichtstrahl auf und zeichnete mit flammender Schrift das heilige OM auf die Oberfläche des Wassers. Es verblieb dort eine Weile, ehe es sich auszuweiten begann und zu einer Art Lichttrapez wurde, in dem Bilder erschienen.

Myrrdhin erschaute die großen göttlichen Lehrer, die der Menschheit das Licht verkündet hatten. Er verstand ihre spirituelle Botschaft und begriff den Sinn ihrer jeweiligen persönlichen Eigenart. Sie glichen verschiedenartigen Noten oder Klängen, die erst im Zusammenspiel die vollendete Melodie erklingen ließen. Dann erschienen die Bilder ihrer Schüler, viele von ihnen waren Myrrdhin völlig unbekannt, einige erkannte er nur, weil ein kosmischer Regisseur ihre Namen in den Wassern des Sees aufleuchten ließ. Echnaton und Ashoka, die großen, wissenden Herrscher, waren ebenso darunter wie die weise Theonia und die erleuchtete Hypatia. Rabbi Eliezer und Martin Buber, Milarepa und Ramanuja, Rumi und Anwar el Sadat, Franz von Assisi und Meister Eckhart – sie alle waren als Botschafter des Lichtes gekommen. Viele hatten sich geopfert, um die Dunkelheit zu erlösen. Giordano Bruno war einer von ihnen, Gandhi ein anderer. Die Aufgaben unterschieden sich, das Licht blieb das gleiche.

Kamen sie in früheren Zeiten fast ausschließlich als religiöse Lehrer, so wählten sie später auch die Künste, um ihre Botschaften zu verkünden. Michelangelo erkannte Myrrdhin und Raffael, den Frühvollendeten. Botticelli kündete vom Reich der Engel und Monet öffnete die Augen der Betrachter für das astrale Licht. Dante zog einen ersten Schleier vor dem jenseitigen Reich zur Seite, und Goethe verewigte die suchende Seele im faustischen Wort. Die erleuchteten Musiker erweckten die Herzen durch Klänge und zerbrachen alte Mauern. So war Myrrdhin überrascht, als er erkannte, daß ein Rebell wie John Lennon ein Botschafter der Bruderschaft war. Er öffnete Herzenstüren für eine neue Freiheit, löste den Aufbruch einer ganzen Generation aus. Andere folgten ihm, und Myrrdhin verstand die unendliche Intelligenz, die in allem waltete. Vieles, was scheinbar ohne Sinn geschah, barg einen weisen Plan.

Die Welt der beweglichen Bilder wurde geschaffen, und gleich wie Myrrdhin und der Rinpoche einem kosmischen Film folgten, so berührte das Leinwandgeschehen die Herzen von Millionen. Nichts ereignete sich ohne eine tiefe Bestimmung, doch in allem lag auch die Macht des Schattens verborgen; wenngleich sie zu schwinden begann.

Dann wiesen die Bilder in die Zukunft, und sie sahen zahllose Scharen von göttlichen Boten herabsteigen und ein neues Zeitalter geboren werden. Die Menschheit hatte den Tiefpunkt ihres Abstieges in die Materie hinter sich gelassen und befand sich nunmehr auf dem aufsteigenden Bogen ins Licht. Die materielle Ebene begann sich innerlich zu wandeln, der Prozeß der Durchlichtung und Vergeistigung war unumkehrbar. Wie ein Samenkorn die bergende Hülle zum Wachsen benötigt, so waren die geistigen Funken in das Kleid der Materie gehüllt; doch wie das Korn die Hülle durchbricht, um der Sonne entgegenzuwachsen, so durchstößt der Geist die Materie, um zum LICHT aufzusteigen.

Wie lange Gyaltsen Tschögyal und Myrrdhin dem Fluß der Bilder gefolgt waren, ließ sich nicht sagen, doch als sie sanft in ihre Körper zurückglitten, dämmerte der Morgen über dem Manasarovar-See; Symbol der Morgenröte einer neuen Kultur, deren Entstehen sie bildhaft gezeigt bekommen hatten. Die vergangenen Jahrtausende schienen nur Vorbereitung gewesen zu sein, um den Menschen eine Stufe anzuheben, und er hatte gerade begonnen, den Fuß auf diese neue Stufe zu setzen.

Es bedurfte keiner erläuternden Worte, als Myrrdhin und Gyaltsen Tschögyal mit ihren Yaks aufbrachen, um gen Westen zu ziehen, dem Rakastal entgegen. Myrrdhin spürte die Richtigkeit dieses Weges, der sie durch Licht und Schatten führen würde, um dann in einer höheren Ebene einzumünden.

Sie mochten noch ungefähr drei oder vier Kilometer vom Rakastal entfernt sein, als Myrrdhin eine deutliche Veränderung der Atmosphäre zu spüren begann. Die Leichtigkeit und das Gefühl des Erhobenseins wichen einem Gefühl von Dumpfheit und Schwere. Selbst die Yaks begannen unruhig zu werden und mußten seitens der Führer fast schon genötigt werden, dem vor ihnen liegenden Geröllweg zu folgen.

Der Himmel hatte sich bezogen, und schwere Regenwolken jagten über die zerklüfteten Felsketten, die den Rakastal umspannten. Obwohl sie sich auf der gleichen Höhe von viertausendsechshundert Metern bewegten, empfand Myrrdhin die Luft von erdrückender Dichte. Es war, als wollte sich ein schwarzer Nebel auf sie herabsenken, und seine feuchte Kälte begann bereits, in ihr Knochenmark einzudringen.

Als der See schließlich vor ihnen lag, herrschte tiefe Dunkelheit, obwohl es erst früher Nachmittag war. Die Sicht betrug nur wenige Meter, und der nur einige Wegstunden entfernte Kailash schien in einer anderen Welt zu liegen.

Myrrdhin und Gyaltsen Tschögyal lagerten nicht direkt am See, sondern in einer Höhle, die sich einige Meter über dem Wasserspiegel in einen Felsen hinein erstreckte. Sie unternahmen keine Anstalten, weiter in ihre Tiefe einzudringen, dazu wirkte sie einfach zu wenig einladend. Einer der Führer versuchte, ein Feuer zu entzünden, doch es sollte ein vergebliches Unterfangen bleiben. So krochen Myrrdhin und der Rinpoche bald unter ihre Decken, während die Träger bei den Yaks vor der Höhle wachten. Weder sie noch die Tiere waren zum Schlafen zu bewegen.

Myrrdhin wälzte sich unruhig auf dem harten Boden, in einem Zustand zwischen Wachen und Halbschlaf, als er Flügelschlag vernahm. Er öffnete seine Augen – oder glaubte er nur, seine Augen zu öffnen? – und blickte in die weit aufgesperrten Pupillen einer riesigen Krähe.

»Ich bin Grolu, die Hüterin der Gräber. Wenn Du Mut hast, so folge mir, und ich werde Dich durch mein Reich führen.«

Myrrdhin zögerte – oder glaubte er nur, er zögerte? – und entschloß sich dann, diesem unheimlichen Geschöpf der Nacht zu folgen.

Die Krähe flog mit leichtem Flügelschlag in Kopfhöhe vor ihm her, so daß er mühelos mit ihr Schritt halten konnte.

Allmählich erweiterte sich die Höhle, teilte sich dabei aber in zwei Gänge, die gleich Katakomben gerade Durchlaß für eine Person boten. Grolu entschied sich für den rechten Gang, und Myrrdhin folgte ihr.

Die Gänge schienen in der Tat Gräber zu enthalten, doch sah Myrrdhin nirgends Skelette oder sonstige Überreste einstigen menschlichen Lebens. Die Krähe schien seine Gedanken zu lesen, denn sie krächzte: »Hier findest Du nicht die toten Formen, hier triffst Du auf den Geist der Zerstörung. Form ist nichts, Geist ist alles.«

Myrrdhin konnte es trotz aller Konzentration nicht verhindern, daß ihm ein Schauer über den Rücken lief. Er trat näher an die Gräber heran und las einige der Namen. Dann überkam ihn der unerklärliche Impuls, die Grabplatten zu berühren. Zuerst zögerte er noch, doch dann legte er die Hand auf eine der eiskalten Steinplatten. Die Aufschrift lautete – Nero.

Kaum hatte seine Hand das Grab berührt, zog eine wahre Bilderflut vor seinem inneren Auge vorbei. Er sah das alte Rom, erblickte Nero durch den Palast wüten, erschaute Morde und Intrigen und roch geradezu den Geruch versengten Fleisches in der brennenden Hauptstadt des Imperiums. Erschrocken zog er die Hand zurück, wobei es nicht die grausamen Szenen waren, die ihn belasteten, sondern die zerstörerische Gewalt, die er als auslösende Kraft alles Gesehenen empfand. Die Kraft war noch immer lebendig. Sie war hier, und sie konnte zu neuem Wirken erweckt werden.

Zögernd folgte er Grolu, und er begegnete den Gräbern der Schattengestalten der Vergangenheit. Die Namen der großen Tyrannen waren ebenso unter ihnen wie heuchlerische Päpste, fanatische Priester aller Weltreligionen, verblendete Mullahs und haßerfüllte Krieger. Vereinzelt berührte er die eisigen Grabplatten und sah Attilas Hunnenheere ganze Länder verwüsten; erblickte Iwan den Schrecklichen, bis zu den Knöcheln im Blut watend, und er roch das Gas von Hitlers Vernichtungslagern. Nicht immer nur waren es die großen Namen der Geschichte, die in den endlosen Katakomben ihren Platz gefunden hatten. Er entdeckte hinter den Gräbern Stadtherren, die in blutigen Pogromen alle Juden in ihren Mauern ermordeten; er stieß auf die Folterknechte der Inquisition, die sich am Leiden der gefolterten Frauen ergötzten, die aus lauter Niedertracht der Hexerei bezichtigt waren; und er folgte der Blutspur von Maos Roten Garden, die mordend und zerstörend über die heiligen Tempel Tibets herfielen. Die Wesen der Finsternis fanden ihre Werkzeuge überall, bei den scheinbar Mächtigen und bei denen, die sich ihnen nur andienten.

Grolu führte ihn noch immer durch sich endlos in den Felsen erstreckende Gänge, und es schien ihm, so wie die Kräfte des Lichtes in immer zahlreicheren Scharen in die Inkarnation eingetreten waren, hatten sich auch die Boten der Finsternis im gegenwärtigen Jahrhundert mit Macht in die Verkörperung gedrängt. Ganze Reihen folgten den Platten Hitlers und Stalins, und grauenvoll waren die Bilder hinter den Namen von Mengele, Höß oder Göth, von Berija und den Schlächtern der Gulags. Die entsetzlichen Haßströme der Dämonen ertöteten jeden Hauch von Menschlichkeit; und sie richteten ihre Zerstörungskräfte auch gegeneinander, sich dadurch im eigenen Blutrausch gewissermaßen gegenseitig ertränkend. Es waren kaum begreifbare Bilder, doch es schien Myrrdhin, als würden sich die »Meister der linken Hand« gegenseitig zerstören. Es gab nicht, wie auf der Seite des Lichtes, eine Hierarchie. Eine »Hierarchie des Bösen« existierte nicht. Die dämonischen Kräfte kannten in ihrem titanischen Stolz und ihrer zersetzenden Eigenliebe keine Unterordnung.

Nachdem Myrrdhin schier endlosen Reihen von Katakomben gefolgt war, brachte ihn Grolu zu einem mächtigen Torbogen, verziert von den Gestalten der Unterweltgötter. An den Seitenpfeilern brannten zwei gewaltige Fackeln, das erste Licht, das Myrrdhin seit dem Betreten der Höhle erblickte.

Grolu ließ sich auf der Halterung der rechten Fackel nieder und rief: »Weiter kann ich Dich nicht führen. Tritt durch das Tor, wo Du erwartet wirst. Ich kehre zurück, denn meine Aufgabe ist erfüllt.«

Mit diesen Worten breitete sie ihre Schwingen aus und flog nahezu geräuschlos in die Katakomben zurück.

Die Fackeln warfen nur ein Licht nach vorne, so daß Myrrdhin nicht erkennen konnte, was sich in der Dunkelheit hinter dem Torbogen befand. Er trat vorsichtig hindurch und blickte auf einen riesigen Shiva-Lingam, Symbol göttlicher Zerstörungs- und Schöpfungskraft. Obwohl der Raum in ebensolche Dunkelheit getaucht war wie die Katakomben, erfüllte ihn eine völlig andere Kraft. Die Mächte des Lebens wirkten hier, und auf einen Stein sinkend, sog Myrrdhin wie neugeboren die vitalisierende Lichtenergie in sich ein.

Gerade wollte er erschöpft die Augen schließen, als sich direkt vor ihm zwei riesige Flammensäulen manifestierten. Aufgrund seiner Erfahrungen im »Wolkenturm« erkannte Myrrdhin, daß es sich um zwei mächtige »Herren des Karma« handelte.

Im ersten Augenblick erstarrte Myrrdhin vor Ehrfurcht, zumal er an diesem Ort mit allem gerechnet hatte, aber nicht mit einer derartigen Begegnung. Was wollten diese göttlichen Wesen in den Katakomben des Todes am Rakastal-See?

»Erinnere Dich der Worte des weisen Lamas«, richtete der eine der beiden das Wort an Myrrdhin.

»Auch die Mächte der Zerstörung wirken innerhalb des Gesetzes. Alles unterliegt der Allmacht des Allerhöchsten. Was Du gesehen hast, war das Reich der Finsternis. Es entstand in Freiheit, und es muß in Freiheit wieder aufgelöst werden. Der Schatten verlischt im Licht im Augenblick zu nichts. So wird es auch mit den Mächten der Finsternis geschehen. Doch noch ist dieser Tag nicht gekommen; wenngleich er nicht mehr fern ist.

Erkenne jedoch, daß alle diese Kräfte der Zerstörung nur nach unserem Willen wirken dürfen. Kein Hufschlag von Attilas Heeren wäre auf der Steppe erklungen, und niemals hätte die Inquisition ihr Medusen-Haupt erheben dürfen, wäre es nicht im göttlichen Plan gestattet worden.

Vergiß eines nie, selbst der EINE will nicht die Freiheit der Geschöpfe aufheben, und so muß das Verirrte durch Leid geleitet werden, um aus sich heraus die Umkehr zu vollziehen. Noch versteht ihr Erdenwesen die unsagbare Weisheit des Absoluten Geistes nicht, ihr seht nur wie in einem dunklen Spiegel. Doch eines Tages werdet ihr wahrhaft sehen – von Angesicht zu Angesicht.«

Mit diesen Worten lösten sich die beiden »Hüter des Karma« wieder in Lichtsäulen auf, und Myrrdhin fiel im gleichen Augenblick in einen todesähnlichen Schlaf.

Der Duft von heißem Tee war es, der Myrrdhin wieder zum Leben erweckte. Der Rinpoche stand neben ihm, eine Tasse Buttertee in der Hand und mit einem Gesichtsausdruck, als warte er auf die Auferstehung der Toten.

Mit Mühe erhob sich Myrrdhin und nahm die heiße Teetasse in beide Hände. Gyaltsen Tschögyal blickte ihn dabei an und fragte dann behutsam: »Warst Du heute nacht in den Katakomben?«

Sofort war Myrrdhin hellwach und erwiderte: »Du kennst die Katakomben?«

»Jeder Tulku, jeder hohe wiedergeborene Lama unserer Tradition, muß durch die Einweihung der Katakomben gehen, um die Mächte des Lichtes und die Mächte des Schattens zu erkennen. Es ist ein furchtbares Geschehen, und ich weiß jetzt, warum ich Dich nicht wachrütteln konnte. Ich wußte nicht, ob auch Du durch die Gänge des Todes würdest gehen müssen, doch scheint es ein ehernes Gesetz der »Sternenbruderschaft« zu sein.«

Der Rinpoche hatte voller Mitgefühl seine Hände auf Myrrdhins Schultern gelegt, und er verspürte die belebende Kraft, die von dem gütigen weisen Mann ausging.

Nach einiger Zeit hatte er sich gut erholt und konnte mit Gyaltsen Tschögyal und den beiden Führern den düsteren Ort verlassen. Sie drängten bereits auf den Aufbruch, denn jeder Tibeter kannte natürlich die Geschichte des Sees, und tief innerlich spürten sie die Kräfte der Finsternis, die sich hier versammelten.

So verwunderte es Myrrdhin nicht, daß sie ihre Yaks zu äußerster Anstrengung antrieben, um den Rakastal so schnell wie möglich hinter sich zu lassen.

Es währte daher nicht lange, bis die Atmosphäre sich aufzuhellen begann und die Leichtigkeit zurückkehrte, die sie am vorgestrigen Tag am Mansarovar-See empfunden hatten. Nach einer weiteren halben Stunde Weges trafen sie auf zwei kleine Steinstupas am Wegrand, und ihre Führer warfen sich mit einem Aufschrei der Erleichterung zu Boden und dankten allen Schutzgottheiten des Lamaismus für ihr glückliches Entkommen aus den Klauen der Dämonen. Sie fügten dem Stupa zwei weitere Steine hinzu und setzten dann gemächlichen Schrittes den Weg mit ihren beiden geheimnisvollen Reisenden fort. Es hatte sie nicht weiter verwundert, daß eine große Krähe auf einem der Stupas gesessen hatte. Nur Myrrdhin erkannte seinen Führer der vergangenen Nacht, der gekommen war, um sich zu verabschieden. Grolu kehrte zum Rakastal zurück, während Myrrdhin und Gyaltsen Tschögyal dem Kailash entgegenstrebten.

Gemäß der heiligen Tradition vollzieht man die Umrundung des Kailash im Uhrzeigersinn, westlich im »Tal des Amitabha« beginnend.

Der Tag war klar, und die Sonne schien die kleine Schar zu segnen. Trotz des steinigen Weges kamen sie gut voran und hatten am Nachmittag den Dölma-La erreicht, den Paß der Tara, mit rund sechstausend Metern der höchste Punkt des Pilgerweges, nur ein wenig mehr als sechshundert Meter unterhalb des Gipfels gelegen. Diesen Ort hatte der Rinpoche als Ziel ihrer Reise ausersehen.

In den Sommermonaten zogen viele fromme Pilger über den heiligen Pfad, doch so kurz vor Winteranbruch waren sie die einzigen, die sich hier zu Füßen des Kailash aufhielten. Sie schlugen das Lager auf, und die beiden Träger legten sich schon bald nach Einbruch der Dunkelheit schlafen, da sie die letzte Nacht am Rakastal wachend verbracht hatten.

Die Stille zu Füßen des Kailash war so vollkommen, daß Myrrdhin den eigenen Atem oder das Schlagen seines Herzens schon als laut empfand. Der Rinpoche war in tiefe Meditation versunken, gleichsam als wartete er auf ein Zeichen.

Es mußte schon tiefe Nacht sein, als er sich endlich erhob und Myrrdhin mit einer Handbewegung aufforderte, ihm zu folgen. Erst schritt Gyaltsen Tschögyal ganz normal aus, doch dann wurden seine Bewegungen schneller, seine Schritte länger, bis sie fast in eine rennende Eile übergingen. Er schien die Steine und Felsbrocken mehr zu überspringen, als daß er sie berührte; und Myrrdhin empfand sich als Teil dieser Bewegung und folgte dem alten Tibeter in traumwandlerischer Sicherheit. Er hatte vom geheimnisvollen *lung-gom* gehört, doch nicht geahnt, daß er selbst einmal in diesem erweiterten Bewußtsein an einem Trance-Lauf durch das tibetische Hochland teilnehmen würde.

Sie mochten vielleicht eine halbe Stunde so dahingeflogen sein, als Gyaltsen Tschögyal abrupt stehenblieb, so als sei er gegen ein Hindernis gelaufen.

Zu Füßen des Kailash

»Wir sind da. Hier beginnt der heilige Bereich, und kein Sterblicher kann auch nur einen Fuß vorwärts setzen, wenn es der »Herr der Welt« nicht erlaubt. Wir werden hier warten.«

Er setzte sich nieder und versank erneut in Meditation. Auch Myrrdhin kehrte in die Stille ein und öffnete sich für das Kommende.

Sie mochten nur wenige Minuten in der Meditation verweilt haben oder mehrere Stunden – die Zeit lief hier oben, auf dem Dach der Welt, in anderen Bahnen –, als Myrrdhin spürte, daß sie nicht mehr allein waren. Er öffnete die Augen und erblickte einen Meister der Bruderschaft vor sich. Die feinen Züge des Meisters und sein Gesicht voll unendlicher Güte waren ihm unvergeßlich geblieben. Als Myrrdhin ihn jetzt vor sich sah, erinnerte er sich, daß er eine physische Inkarnation in Tibet erwähnt hatte, und so machte es einen tiefen Sinn, ihm hier, zu Füßen des Kailash, zu begegnen.

Er bat Myrrdhin und Gyaltsen Tschögyal, ihm zu folgen. Sie befanden sich bereits unmittelbar vor der Südwand des Berges und gingen nun direkt auf ihn zu. Der Meister berührte die Eiswand – und schritt hindurch. Der Rinpoche folgte ihm. Myrrdhin berührte seinen Körper und war sich sicher, sich in seinem physischen Erdenleib zu befinden. Wie sollte er die Felswand durchschreiten können. Trotz dieser Zweifel folgte er den beiden – und befand sich im nächsten Augenblick im Inneren des Kailash.

Eine hohe Galerie erstreckte sich vor ihnen, und der Meister winkte ihnen, ihm zu folgen. Sie schritten den hohen Gang empor, der sich an der Spitze etwas verengte. Myrrdhin mußte sich ein wenig bücken, um durch einen Bogen in einen weiteren Raum zu gelangen. Er hatte erwartet, ein kleines Gemach oder ein verborgenes Sanktuarium vorzufinden, doch er trat in eine riesige, hell erleuchtete Halle ein. Sie glich dem großen Versammlungssaal von Shamballah, und Myrrdhin erkannte bei seinem Eintritt auch einige der Anwesenden von Treffen der »Sternenbruderschaft«.

»Willkommen im Berge Meru«, begrüßte sie der Meister.

»Die »Sternenbruderschaft« sandte Euch zum ›Herrn der Welt‹, um eine Gabe zu empfangen, die die Bruderschaft auf Erden in der kommenden Zeit benötigen wird. Folgt mir bitte, ihr werdet erwartet.«

Myrrdhin kannte den »Herrn der Welt« von seinem Treffen mit der Solaren Hierarchie, wo er ihn von ferne gesehen hatte. Er wurde in Shamballah auch der »Alte der Tage« genannt, da er über die Evolution der Erde seit frühesten Anfängen wachte.

Sie folgten dem Meister durch den großen Saal, der am Kopfende in eine kleine Krypta einmündete. Ein grün-rotes Lichtfeuer schimmerte durch einen Seidenvorhang, der die Krypta verhüllte.

Sie schlugen den Vorhang ein wenig zur Seite und traten ein. Bevor sich Myrrdhin noch vor dem »Herrn der Welt« verneigen konnte, fiel sein Blick auf einen Turmalin-Obelisken von ungeheuren Ausmaßen. Er erfüllte die Hälfte des Raumes und pulsierte von innen heraus in rötlichem Flammenglanz, der sanft von einem verfließenden Grün gemildert wurde. In seiner Mitte strahlte eine karmesinrote Flamme in solcher Intensität, daß Myrrdhin den Blick abwenden mußte. Dies löste ihn aus der entrückenden Betrachtung des Turmalin-Obelisken, und er wandte sich dem »Herrn der Welt« zu. Dieser hatte seinen Blick wohlwollend auf Myrrdhin und dem Rinpoche ruhen lassen, der ebenfalls vom Flammenfeuer des Obelisken gefangengenommen worden war.

»Die »Flamme des Lebens« ist das Licht der Welt, und ihr gebührt große Ehrerbietung. Ohne den Schutz des mächtigen Turmalins könntet Ihr in ihrer Gegenwart nicht in Eurer Erdenform überleben. Ihr würdet unverzüglich in eine höhere Lebensform verwandelt.«

Myrrdhin vernahm die begrüßenden Worte des »Alten der Tage« und war erneut verblüfft, diese mit göttlicher Macht sprechende Stimme in dem Körper eines Jünglings zu finden, der kaum zwanzig Erdenjahre zu zählen schien. Doch dies war die Form, in welcher der Herr meistens erschien.

»Die Erde geht durch eine große Umwandlung, und Astramis bat mich, Dir für den Kampf gegen die »Meister der linken Hand« den roten Karfunkelstein anzuvertrauen. Er ist ein Stein der Macht, und Du erhältst ihn für die Erdenbruderschaft zu treuen Händen. Verwende ihn weise, und hüte Dich vor den Dämonen der Nacht. Ihre Macht würde gewaltig wachsen, fiele der Stein in ihre Hände.«

Mit diesen Worten griff er in den Turmalin-Obelisken, der sich wie Licht durchdringen ließ und hielt seine Hände in die Flamme in seiner Mitte. Sie schienen für Momente etwas zu formen, dann zog der Herr sie wieder zurück. Ein feuriger Karfunkelstein ruhte in seiner rechten Hand, den er jetzt mit einem feinen Tuch umhüllte.

»Du könntest ihn jetzt noch nicht bei Dir tragen, wenn ich Dich nicht vor seiner Kraft schützen würde. Doch wenn Du den Berg verlassen wirst, gleicht er sich Deiner Aura an, und Du kannst ihn ohne Gefahr verwenden. Du wirst in Deinem Herzen erkennen, wenn Du ihn einsetzen mußt.

So nehmet meinen Segen mit Euch und kehrt zurück in Eure Länder.«

Er berührte Myrrdhin und Gyaltsen Tschögyal sanft an der Stirn und entließ sie wieder in die große Halle. Bei der Berührung schien es Myrrdhin für einen Moment, als verwandelte sich die Gestalt des Jünglings in ein Sternenfeld oder genauer gesagt in das Bewußtsein eines Sternenfeldes. Doch er wußte, er vermochte diese Lebenssphäre nur ahnend zu berühren.

Wieder geleitete sie der Meister die Galerie hinab und an den Fuß des heiligen Berges. Auch er segnete sie, bevor er in der Dunkelheit der Nacht verschwand.

Diesmal erlebte Myrrdhin das *lung-gom* bewußter als auf dem Hinweg. Es entstand aus einer vollkommenen Übereinstimmung von Geist und Körper, der aus der Laufbewegung fast ein Schweben werden ließ, solange die innere Konzentration aufrechterhalten wurde.

Der Herr der Welt

Sie fanden das Lager in friedlichem Schlaf vor, doch beide verspürten sie keine Müdigkeit, und so verharrten Myrrdhin und der Rinpoche den Rest der Nacht in schweigender Meditation.

Am nächsten Morgen brachen sie auf, um gen Süden in die Tiefebene abzusteigen. Ihre beiden Träger begleiteten sie noch bis zum Kali-Fluß, wo sie sich, reichlich entlohnt, verabschiedeten.

Auch die Wege von Myrrdhin und Gyaltsen Tschögyal trennten sich hier. Während der Rinpoche noch mit einer Botschaft nach Shigatse reisen mußte, begab sich Myrrdhin hinab nach Almora, wo ihn Pandit Karunamar erwarten würde. Von dort sollte er weiter nach Delhi und anschließend in seine Heimat reisen.

Bevor der Rinpoche jedoch nach Osten aufbrach, legte er noch einmal seine Hände auf Myrrdhins Schultern und blickte ihn lange an. Eine tiefe Liebe, jenseits aller Worte, erfüllte Myrrdhins Herz, und er dankte dem alten Weisen aus tiefster Seele für seine Begleitung. Er wußte noch immer nicht, wer sich wirklich hinter dieser schlichten Gestalt mit den weißen Haaren verbarg, doch er fühlte ohne den Hauch eines Zweifels, in ihm einen Freund und Seelengefährten gefunden zu haben.

Myrrdhin sah ihm noch lange nach, bis die immer kleiner werdende Gestalt auf ihrem treuen Yak von der unendlichen Weite des tibetischen Hochlandes verschluckt wurde.

Langsam begann Myrrdhin mit dem Abstieg nach Almora, wo er eintraf, als über den Manasarovar-See bereits die verspäteten Schneestürme des anbrechenden Winters hinwegfegten.

12. Die Herren des Schatten

Als Myrrdhin in Almora wieder mit Pandit Karunamar zusammentraf, genügte ihm ein Blick in sein Gesicht, und er wußte, er mußte dem weisen alten Inder nichts über seine Reise berichten. Der Pandit kannte den uralten Pfad.

Wie zur Bestätigung fragte er Myrrdhin, während sie auf schlechten, von Steinschlag gezeichneten Straßen südwärts fuhren: »Bist Du bereit, den Stein aus der »Flamme des Lebens« einzusetzen?«

»Wo immer er Segen zu bringen vermag, will ich meine Pflicht erfüllen und den heiligen Stein verwenden. Aber wo siehst Du eine Notwendigkeit gegeben?«

»Ich werde es Dir zeigen, und Du wirst seine machtvolle Wirkung erkennen.«

Karunamar gab dem Fahrer eine neue Anweisung, und nach einiger Zeit bemerkte Myrrdhin an der Kleidung der Menschen, daß sie sich in einem von Sikhs bewohnten Gebiet befanden. Der Pandit ließ den Fahrer einer großen Menschenmenge folgen, und Myrrdhin spürte eine Woge der Wut und des Zorns, die von den Tausenden ausging, die ihr Wagen passierte. Nach kurzer Zeit wurde der Menschenstrom so dicht, daß Karunamar den Fahrer in eine Seitenstraße abbiegen und vor einem kleinen Hotel halten ließ. Sie stiegen aus und begaben sich zu Fuß in Richtung des Tempelplatzes, wobei Karunamar Myrrdhin aufforderte, den Karfunkelstein fest in sein Gewand einzubinden und dicht am Körper zu tragen.

Mit einiger Mühe überquerten sie zwei große Straßen, um auf der Südseite des Platzes eine kleine Anhöhe vor einem Hindu-Tempel zu erreichen. Von hier aus bot sich ihnen ein ausgezeichneter Blick auf das weite Rund des großen Platzes. Sie befanden sich jetzt auf der Seite der Hindus, was sich für Karunamar als ratsam erwies, da er traditionell gekleidet war und in den Reihen der Sikhs sofort als Anhänger der ungeliebten Hindu-Religion ausgemacht worden wäre. Keiner aus der aufgebrachten Masse hätte auch nur eine Ahnung besessen, wer sich hinter dem traditionellen Pandit-Gewand verbarg.

Karunamar hatte Myrrdhin in wenigen Sätzen über den Anlaß der Demonstration informiert. Man stritt sich um die Errichtung eines Sikh-Tempels auf den Mauern eines alten, mittlerweile verfallenen Hindu-Heiligtums. Fast drei Jahrhunderte hatte sich niemand um die alte Ruine gekümmert, doch als der Magistrat der Glaubensgemeinschaft der Sikhs die Erlaubnis zur Errichtung eines neuen Tempels erteilt hatte, war es binnen weniger Tage zu massiven Protesten reaktionärer Hindus und sogar zu Straßenschlachten gekommen, wobei auf beiden Seiten bereits Todesopfer zu beklagen waren. Heute nun hatten beide Gruppen die Massen mobilisiert, um für ihre »heilige« Sache zu demonstrieren.

Der Oberpriester des örtlichen Shiva-Tempels und der Führer der Sikhs sollten jeweils das Recht haben, ihre Position in einer Ansprache zu vertreten.

Myrrdhin beobachtete den alten Shiva-Priester, einen asketischen, hageren Mann mit harten, unerbittlichen Gesichtszügen. Er sprach als erster und wechselte geschickt zwischen Phrasen scheinbarer Toleranz und Tiraden erschreckender Demagogie. In diesen Augenblicken sah Myrrdhin, wie die Worte Pfeile oder Speere bildeten, die in grauen Wolken über die Versammlung zogen. Aus ihnen tropfte gewissermaßen eine verätzende Lösung, die sich in die Aura jedes einzelnen einbrannte, sofern er innerlich einen Resonanzboden zum Haß des Redners bot. Hinter dem alten Priester erblickte Myrrdhin zwei mächtige schwarze Gestalten, die ihn während seiner Rede mit Kraft zu versorgen schienen, wobei die Verbindung besonders eng wurde, wenn die Stimme des Alten sich vor Wut und Haß geradezu überschlug. In diesen Momenten schien er sich fast in dem ausgedehnten, schwarzgrauen Energiefeld der beiden dunklen Wesen aufzulösen, die gleich gepanzerten Rittern einer alten Zeit unerschütterlich fest standen.

Die beiden Volksgruppen schrien und beschimpften sich gegenseitig, so daß jeden Augenblick mit dem Ausbruch offener Feindseligkeiten zu rechnen war. Allein die Tatsache, daß die Sikhs auf ihren Redner warteten, bot anscheinend die Gewähr, daß die Lage nicht außer Kontrolle geriet.

Als der Shiva-Priester geendet hatte und die Rednertribüne verließ, erwartete Myrrdhin, daß sich auch die beiden schwarzen Gestalten zurückziehen würden, um anderen Wesen Platz zu machen; doch dies geschah nicht. Sie verharrten unbeweglich auf ihrem Platz – und alles wiederholte sich wie zuvor.

Die gleichen zerstörerischen Energien zogen über den Platz, und es war vollkommen unerheblich, daß es diesmal um die Interessen der Sikhs ging. Die beiden dunklen Gestalten zielten allein darauf ab, ihre zersetzenden Kräfte zu verbreiten, wofür sie den Haß der Redner als Träger und Basis benötigten. Mittels dieses Einfallstores vermochten sie es, ihre Samen des Todes in die Herzen vieler zu pflanzen. So gelang es ihnen, in weniger als einer Stunde fast den gesamten Tempelplatz in eine rasende Masse blindwütiger Menschen zu verwandeln. Als der Sprecher der Sikhs zuletzt seine Glaubensgenossen aufforderte, den Platz für »ihren« Tempel mit dem Leben zu verteidigen, war der Ausbruch der Gewalt nicht mehr zu verhindern. Die Reihen der Hindus drängten nach vorne, um sich zum Tempelgelände voranzukämpfen, das für die Sikhs leichter zu erreichen war. An den Berührungslinien der beiden Glaubensgruppen kam es bereits zu massiven Gewalttätigkeiten, und alles deutete auf ein unvermeidliches Blutbad hin.

Myrrdhin warf einen besorgt fragenden Blick auf den Pandit, der noch immer in gelassener Ruhe verharrte.

Auf Myrrdhins Blick hin deutete er auf eine junge Brahmanin, die nur wenige Schritte hinter dem Podium stand.

»Richte den Stein auf sie und konzentriere Dich auf die »Flamme des Lebens«. Wir wollen sehen, was wir hier bewirken können.«

Myrrdhin öffnete behutsam sein Gewand, so daß von den Seiten nicht zu erkennen war, was sich darin verbarg. Dann richtete er den roten Stein auf die junge Frau in ihrem zartblauen, vollendet gewikkelten Sari. Während er sich auf die Brahmanin konzentrierte, spürte er, wie der Stein vor seinem Herzen zu vibrieren begann. Eine gewaltige Kraft entströmte ihm, und Myrrdhin hatte Mühe, sich auf den Beinen zu halten. Dankbar verspürte er die stützenden Hände des Pandits, der lautlos hinter ihn getreten war, um ihm zu helfen. Beide sahen sie, wie auf der ätherischen Ebene ein flammender roter Strahl die junge Brahmanin erfaßte. Im gleichen Augenblick bahnte sie sich energisch einen Weg zum Rednerpult und rief der tobenden Masse zu, augenblicklich in ihrem wahnwitzigen Treiben innezuhalten.

Ob es die Macht ihrer Stimme oder die ungewöhnliche, unerhörte Tat an sich war, die den tobenden Mob nahezu übergangslos zum Stehen brachte, vermochte Myrrdhin nicht zu sagen; doch die Wirkung war ungeheuer. Die Auseinandersetzungen brachen im Moment ab; aufgerichtete Arme senkten und geballte Fäuste öffneten sich. Alle starrten gebannt auf die zarte Gestalt am Rednerpult.

Die junge Brahmanin rief vor allem den Frauen zu, ob sie wirklich an den Gräbern ihrer Väter und Söhne weinen wollten, um der Errichtung eines Steinhauses wegen. Den Vätern rief sie zu, an das Leid ihrer Familien und jenes ihrer Feinde zu denken und sich zu fragen, ob der Pfad der Zerstörung und der Pfad des Todes der Pfad ihrer Vorväter und der Begründer ihres Glaubens gewesen sei.

Die Worte verfehlten ihre Wirkung nicht. Diesmal sah Myrrdhin, wie sich ein Regenbogen über den Platz spannte, aus dem Tropfen wie Morgentau in die Herzen der Menschen fielen und die göttlichen Funken in ihnen mit dem Wasser des Lebens benetzten.

Diesmal verharrten die schwarzen Gestalten hinter der Rednertribüne nicht in bewegungsloser Starrheit. Sie versuchten mit aller Gewalt, Kontrolle über die begeisterte Rednerin zu erlangen, doch das rote Flammenfeuer, das unverändert von Myrrdhins Stein ausstrahlte, umhüllte sie mit einer undurchdringlichen Lichtmauer.

Als sie erkannten, welchen Gegnern sie gegenüberstanden, richteten sie ihre gesammelte Gedankenenergie auf Myrrdhin. Gemeinsam mit dem Pandit erschaute er, wie sich eine riesige, bedrohliche Gedankenform auf sie zubewegte. Sie flackerte in einem widerlichen blutigen Grauschleier und wies an ihren scharfen Außenseiten zahllose sich bewegende Widerhaken auf. Die Gedankenform war messerscharf in ihren Konturen, was anzeigte, über welche konzentrierten Geisteskräfte ihre Aussender verfügten.

Als der Pandit die heranziehende Gefahr erkannte, trat er für einen Moment hinter Myrrdhin hervor, legte die linke Hand auf den Karfunkelstein und führte die rechte in kreisender Bewegung dreimal um Myrrdhin und sich selbst. Mit jeder Umkreisung stieg ein Lichtkegel auf und umhüllte die beiden Krieger der »Sternenbruderschaft« mit einem undurchdringlichen Schutzwall. Dann nahm der Pandit seine rechte Hand und richtete sie, ein heiliges Mantra zitierend, auf die angreifende Kraft. Die Finger seiner Hand schienen zu einer Lichtkraft zusammenzuwachsen, und einem Blitz gleich löste sich ein feuriger Strahl aus seinem Mittelfinger. Er traf auf die Gedankenform ihrer Widersacher, und mit einem durchdringenden Zischlaut – erlosch sie.

Myrrdhin hatte die Handlungen Karunamars beobachtet, gleichzeitig aber auch die beiden schwarzen Gestalten im Auge behalten. Im selben Augenblick, als ihre ausgesandte Energie aufgelöst wurde, verloren ihre Formen die Konturen. Es blieben nur noch schwache graue Schatten, die von Sekunde zu Sekunde weiter zu verblassen schienen und letztlich in den Tiefen des Raumes verschwanden.

Währenddessen hatte der Regenbogen über dem Tempelplatz an Leuchtkraft noch gewonnen und sein segensreiches Licht die Menschenmenge vollständig verwandelt. Man jubelte der jungen Brahmanin zu, und als sie vorschlug, auf dem Platz des alten Heiligtums zwei Tempel zu errichten, in dem die Angehörigen der beiden Glaubensgruppen friedlich zusammen ihre Gebete entrichten könnten, kannte die Begeisterung der Menge keine Grenzen mehr.

»Komm, wir können gehen. Den Rest wird die Zeit regeln. Das Kraftfeld des Steines ist stark genug, um keine neuen Zwistigkeiten aufkommen zu lassen.«

Myrrdhin und der Pandit zogen sich zurück und begaben sich mit ihrem Fahrer in ein kleines, in einem Wald verborgen liegendes buddhistisches Kloster. In der Stille der Natur war nichts mehr zu spüren von der spannungsgeladenen Auseinandersetzung auf dem Tempelplatz. Sie saßen in der Ruhe der Nacht unter einem großen Banyan-Baum, ihre Augen auf das majestätische Firmament gerichtet.

»Du wußtest, daß die junge Brahmanin auf dem Tempelplatz sein würde?« fragte Myrrdhin den Pandit.

»Ja. Sie steht unter dem Schutz der Bruderschaft und befindet sich an der Schwelle der Einweihung. Was wir nicht vorhersehen können, ist, ob sich eine Seele im Augenblick der Prüfung wirklich entsprechend ihrer Größe verhält. Sie empfing von Dir die Macht des »Herrn der Welt«, aber sie mußte sich in ihrem Herzen bereit erklären, sein Werkzeug zu sein. Keiner von uns konnte wissen, ob sie ihre Aufgabe so erfüllen würde, wie sie es getan hat. Wir kennen die Macht der »Flamme des Lebens«; aber niemand vermag in die innerste Herzenstiefe des Menschen zu blicken.«

»Wären wir den dunklen Gestalten unterlegen, wenn sie ihre Aufgabe nicht auf diese Weise erfüllt hätte?«

»Nein«, schüttelte der Pandit den Kopf. »Die Macht des Schattens hätte uns nicht zu überwinden vermocht. Wir wären in der Lage gewesen, ihren Einfluß abzuschwächen und eine Katastrophe zu verhindern. Wir hätten dann auf einen neuen Zeitpunkt warten müssen, um ihre Macht zu brechen. Es bedarf der Liebe der Menschen, um den Haß zu überwinden. Die Flamme des Steines hätte nur uns geschützt, aber nicht die Massen verwandelt – auch wir stehen unter dem Gesetz des Karma.«

Die beiden Männer blieben noch lange in der beschützenden Obhut der mächtigen Zweige des uralten Banyan-Baumes sitzen. Sie spürten die unsagbare Macht des »Herrn der Welt«, die heute durch sie wirksam geworden war. Voller Ehrfurcht dankten sie den Mächten des Lichtes; doch sie spürten zugleich – die große Schlacht mit den »Herren des Schattens« hatte noch nicht begonnen.

Die restlichen Tage der Reise verliefen ohne besondere Zwischenfälle. Wo immer Myrrdhin und der Pandit sich aufhielten, schien das Leben in neue, friedvolle Bahnen einzumünden. Die Ausstrahlung des Karfunkelsteines verwandelte alle Lebensformen. Nicht nur dic Menschen fanden zu innerer Harmonie zurück, auch Tiere und Pflanzen erfuhren Heilung und Neubelebung.

Ein Elefant, der einem Rajputhen-Fürsten gehörte, wurde von einem schmerzhaften Tumor geheilt, als Karunamar und Myrrdhin die Gastfreundschaft des Fürsten in Anspruch nahmen. Sie waren allerdings genötigt, bei der Abreise schnell in den Wagen zu springen, da ihr nicht gerade kleingewachsener grauer Freund ihnen mit einem ebenso mächtigen wie feuchten Trompetenstoß seine Dankbarkeit ausdrücken wollte. Glücklicherweise bekam aber nur der Wagen den nassen Dankesgruß ab, und der konnte es ohnehin gebrauchen.

Nach einer Woche erreichten sie Neu Delhi, von wo aus Myrrdhin in seine Heimat zurückflog.

»Du gleichst auf der feinstofflichen Ebene mehr einem Lichtwesen denn einem Menschen«, begrüßte Myrronia Myrrdhin.

»Schon von weitem erschaute ich das wundervolle Leuchten, das Dich umhüllt. Es ist das Licht des »Herrn der Welt«, und Du mußt eine besondere Aufgabe von ihm erhalten haben. Ich spüre den Geisteshauch kommender Ereignisse. Große Umbrüche und Veränderungen stehen uns nunmehr unmittelbar bevor.«

Myrrdhin legte den Arm um Myrronia und ging langsam mit ihr auf die großen Klippen zu. Während sie ihre Blicke über die Weite des Meeres schweifen ließen, berichtete Myrrdhin von den Geschehnissen der vergangenen Monate.

Myrronia blickte in die Tiefe der »Flamme des Lebens« und wurde berührt von der Macht des »Alten der Tage«. Sie fühlte die unbeschreibbare Geisteskraft, die von ihm ausstrahlte und auch sie verwandelte; doch zugleich verspürte sie die Last einer fast erdrückenden Verantwortung auf ihren Schultern und die von ferne sich drohend formierenden Schatten, die nach der Zerstörung der heiligen Flamme trachteten. Welche Gefahren mochte die kommende Zeit bringen?

In den ersten Wochen nach seiner Rückkehr widmete sich Myrrdhin mit großem Einsatz seinen Schülern. Wenngleich er ihnen keinen unmittelbaren Zugang zur »Flamme des Lebens« gewähren konnte, so wurde ihr Bewußtsein doch durch die Unterweisungen ihres Lehrers angehoben. Voller Freude konnte Myrrdhin feststellen, daß nie zuvor ein solch rascher Fortschritt bei seinen Schülern zu verzeichnen gewesen war. Sie fanden neue Wege zum Kern ihres Wesens und wurden vom göttlichen Seelenlicht erfüllt.

Auch Myrronia bemerkte den Einfluß des Steines in ihrer Heilungsarbeit. Die Menschen zeigten wahrhaft die Bereitschaft, sich innerlich zu wandeln und so ihrer Krankheit den Nährboden zu entziehen. Auch floß das Heilungslicht nahezu ungehindert durch sie hindurch in die Körper ihrer Patienten. Caerverock Castle erstrahlte im Licht des »Herrn der Welt«.

Das Jahr war vorangeschritten und die Sonne in das Zeichen des Skorpions eingetreten. Die Nächte waren kalt geworden, und die Sturmgeister brausten und tosten um die Zinnen und Türme von Caerverock Castle.

Myrrdhin hatte den Abend mit Myrronia im »Turm der Blumen« verbracht und verfolgte vor dem Tor noch eine Weile das Treiben der Naturgeister, bevor er sich zur Ruhe begeben wollte. Die Nacht war pechschwarz, und die Herren der Winde trieben die Wolken in rasender Jagd vor sich her. Als Myrrdhin gerade den »Turm der Stille« betreten wollte, hielt eine Kraft ihn zurück, und, sich darauf einstellend, erkannte er schnell seinen alten Freund Barrydis.

»Die Deinen treiben es toll heute«, mahnte er scherzhaft den Wächter der Sturmgeister.

»Ihr solltet genauer auf das Geschehen der Nacht achten, großer Myrrdhin. Nicht allein meine Scharen ziehen über Land. Wir haben unliebsamen Besuch erhalten, und ich befürchte, es werden weitere, noch unbeliebtere Gäste kommen. Ich kam nur, um Dich zu warnen. Die Geister der Nacht nähern sich Caerverock Castle, und ich sah mächtige Wesen unter ihnen. Darum hüte Dich, wenn der Schatten nach Deinem Herzen greifen wird.«

Mit diesen warnenden Worten war Barrydis schon wieder davongestürmt. Myrrdhin richtete erst jetzt sein Augenmerk auf jene Scharen der Naturgeister, welche die Sphären über Caerverock Castle bevölkerten. Und wahrhaftig, unter ihnen befanden sich tatsächlich Wesen, die Myrrdhin unschwer als Werkzeuge der Dunkelheit ausmachen konnte. Welche finsteren Pläne mochten sie geschmiedet haben?

Unverzüglich rief er Myrronia und begab sich mit ihr in die »Sternenkuppel«. Sofort umhüllte sie das Licht des Karfunkelsteines, das dem heiligen Raum zusätzlich zu dem Frieden, der ihn ohnehin erfüllte, noch mit einer Aura der Macht ausstattete. Der Geist des »Herrn der Welt« wachte über Caerverock Castle.

Der heilige Stein ruhte in der Vitrine des Druidenstabes und speiste mit seiner Kraft den Logorithen und den Irisin auf der Stirn des Meisters. Behutsam ergriff Myrrdhin den heiligen Stab und zog ein Lichtkreuz über der »Sternenkuppel«. Es kostete ihn erstmals erhebliche Anstrengungen, den Schutzmantel über das Schloß zu legen. Die Abgesandten der Finsternis waren schon nahe herangekommen, und der Pesthauch des Todes streifte bereits den inneren Schutzwall von Caerverock Castle.

Sie kamen in gewaltigen Scharen. Wesen in gallertartigen Körpern, die Schakale der Unterwelt, mit feueräugigen Grimassen und gierigen Krallen. Sie drängten aus den tiefsten Sphären der Astralreiche hinab, und Myrrdhin und Myrronia konnten ihre widerwärtigen Formen mit den irdischen Augen ausmachen. Die Geschöpfe der Dunkelheit wurden genährt von einer zerstörerischen Macht, die sich auf dem physischen Plan verdichten konnte.

Vereinzelt gelang es einigen von ihnen, durch kleine Risse im Lichtwall der »Sternenkuppel«, ihre Greifarme ins Innere des Sanktuariums zu zwängen. Doch Myrrdhin und Myrronia konnten die Kuppel immer wieder schließen.

Myrrdhin hatte Myrronia den Druidenstab übergeben, während er selbst den heiligen Stein aus der »Flamme des Lebens« ergriffen hatte. Wo immer es einem der Wesen gelang, sich Zugang zur »Sternenkuppel« zu verschaffen, richteten Myrrdhin und Myrronia das konzentrierte Lichtfeuer des Logorithen und des heiligen Steines auf den Eindringling und vernichteten ihn. Sie lösten die Wesen nicht nur aus der Form, sondern sie verwandelten sie zu ihrer ursprünglichen Lebensessenz. Eine Kraft, die sich zerstörerisch gegen die »Flamme des Lebens« richtete, verlor ihre Wesensgestalt. Sie mußte den Weg der Bewußtwerdung neu beginnen – von Anfang an. Die Sünde gegen den Geist des Lebens konnte nicht vergeben werden.

Leider konnten durch die Berührung mit dem heiligen Stein nur wenige der dämonischen Eindringlinge zum Innehalten oder zur

Umkehr gebracht werden. Die meisten der Schattengeister folgten blindwütig der zerstörerischen Macht, der sie sich ergeben hatten.

Immer neue Scharen tauchten über Caerverock Castle auf, doch der Lichtwall, den Myrrdhin und Myrronia errichtet hatten, hielt stand. Dann, von einem Augenblick zum nächsten, kehrte Stille ein. Der nächtliche Himmel über dem Schloß wurde sichtbar, schwarz und unheilverkündend; aber keine der Kreaturen der Finsternis war mehr zu erkennen. Sie hatten sich auf einen unmerklichen Befehl hin zurückgezogen.

Myrrdhin und Myrronia nutzten die Zeit, um mit aller Kraft die inneren Schutzmauern über Caerverock Castle zu erneuern. Das Leuchtfeuer des Irisins jagte pfeilschnell durch die Nacht und knüpfte ein undurchdringliches Lichtnetz über den »Turm der Blumen« und den »Turm der Stille«. Keine Macht würde in der Lage sein, diesen Lichtpanzer zu durchdringen – so dachte Myrrdhin zumindest.

Gemeinsam durchmaßen ihre Blicke die Nacht, doch es herrschte noch immer unheilvolle Stille. Sie spürten die Anwesenheit eines mächtigen Gegners, doch er vermochte es, sich vor ihnen zu verbergen.

»Sie kommen von der Seeseite«, rief Myrronia plötzlich und wandte sich, den Druidenstab fest in der Hand haltend, gen Westen. In diesem Augenblick sahen sie eine feurige Kugel, die von Westen auf sie zuraste. Noch bevor sie ihre Abwehrkräfte auf sie richten konnten, schlug sie bereits auf der »Sternenkuppel« auf. Der Aufprall war fürchterlich, und Myrrdhin und Myrronia wurden von der Wucht zu Boden geschleudert. Der Angriff der »Herren des Schattens« hatte begonnen.

Myrronia war beim Sturz der Druidenstab entglitten. Er lag jedoch nur wenige Armlängen entfernt vor ihr, und sie richtete sich auf, um ihn erneut zu ergreifen. Während sie dies versuchte, zog eine Kraft den Stab von ihr weg. Immer, wenn sie glaubte, ihn schon ergreifen zu können, riß der Eindringling den Druidenstab wieder ein Stück zu sich hin.

Erst nach einigen Augenblicken bemerkte Myrrdhin den verzweifelten Kampf Myrronias, wieder in den Besitz des heiligen Stabes zu gelangen. Seine ganze Aufmerksamkeit war dem Neuaufbau des Schutzschildes gewidmet, und er hatte nicht bemerkt, daß es den Angreifern gelungen war, in einen Teil der Kuppel einzudringen. Er richtete den Karfunkelstein auf den Druidenstab und versuchte, ihn mit Hilfe der heiligen Flamme an sich zu ziehen. Das gelang ihm allerdings nicht, wenngleich Myrronia dem Stab näher kam. Die beiden Kraftfelder schienen sich zu neutralisieren. Keiner Seite gelang es, den Stab an sich zu bringen.

In diesem Ringen schrie Myrronia auf: »Vorsicht, sie greifen jetzt von der Ostseite aus an!«

Myrrdhin schnellte herum, doch es war bereits zu spät. Eine zweite Feuerkugel schlug mit voller Gewalt auf die »Sternenkuppel« auf. Diesmal wirkte sich der Aufprall noch verheerender aus, da der Schutzschirm bereits durch den ersten Angriff geschwächt war. Myrrdhin und Myrronia wurden durch die Kuppel geschleudert und prallten gegen die rückwärtige Wand. Zum Glück befand sich Myrrdhin noch immer im Besitz des Karfunkelsteines, den er sofort wieder auf den Druidenstab richtete. Auf keinen Fall durften die »Herren des Schattens« in seinen Besitz gelangen. Doch das Gleichgewicht der Kräfte hatte sich zu ihren Ungunsten verschoben. Zentimeter um Zentimeter wurde der Stab von ihnen weggezogen, und es war nur eine Frage der Zeit, wann er in die Hände der Angreifer fallen würde.

Sie mußten den eingedrungenen Feind direkt bekämpfen, nur so hatten sie eine Chance. Myrrdhin und Myrronia dachten beide diesen Gedanken und änderten im gleichen Moment ihre Strategie. Myrrdhin richtete den Karfunkelstein nicht mehr direkt auf den Stab, sondern ließ die Flamme kreisen. Myrronia verband sich mit seinem Kraftfeld, und gemeinsam versuchten sie, die Tarnung des eingedrungenen »Herren des Schattens« zu durchbrechen.

Ihr Plan zeitigte einen ersten Erfolg. Aus dem Schatten der Nacht begann sich ein Umriß zu formen, der allerdings nicht die klaren Konturen einer Gestalt annahm. Die Energie, die nach dem Stab griff, schien die Form einer Riesen-Anakonda anzunehmen, die den Stab bereits in ihrem aufgerissenen Maul trug. In sich windenden Bewegungen kroch sie von Myrrdhin und Myrronia weg, und nichts schien sie aufhalten zu können.

Myrrdhin richtete den Karfunkelstein direkt auf das furchterregende Reptil und versuchte, es zu überwinden. Doch außer einem schwarzen Fleck, einer Brandwunde ähnlich, zeigte sich keine Wirkung. Stattdessen erklang ein grauenhaftes Gelächter und die Worte: »Du armseliger Erdenwurm wirst die Mächte der Finsternis nicht überwinden. Ihr habt den Kampf verloren.«

Wie zur Bestätigung riß die gräßliche Schlangengestalt den Stab ein weiteres Stück von Myrrdhin weg, obwohl dieser inzwischen wieder alle Kraft auf ihn konzentrierte. Es ließ sich nicht länger verkennen, daß ihre Gegner ihnen überlegen waren.

»Gib mir den Stein«, schrie Myrronia Myrrdhin zu, der an der Tür lehnte und mit der Anakonda kämpfte.

»Du hast nicht die Einweihung der Flamme erhalten. Ich weiß nicht, ob Dein Körper den Einsatz des heiligen Steines überlebt«, rief Myrrdhin zurück.

»Ich habe keine Wahl«, stieß Myrronia hervor, während sie zu Myrrdhin hinüberkroch.

Noch immer zögernd, ließ er den heiligen Stein in ihre ausgestreckten Hände fallen – und Myrronia wurde übergangslos aus ihrem Körper gerissen und in die innere Welt geschleudert. Sie richtete ihr Bewußtsein auf Elohira aus, dann versank sie in der Dunkelheit. Myrrdhin hatte ein solches Geschehen befürchtet und erneut den Karfunkelstein ergriffen. Der Druidenstab war nur noch wenige Schritte von der Wand der »Sternenkuppel« entfernt. Sollte es dem widerlichen Reptil gelingen, den heiligen Raum zu verlassen, wäre der Stab verloren. Noch immer richtete Myrrdhin alle Kraft auf den Angreifer und versuchte, den Stab aus dem Maul der Anakonda zu lösen. Doch vergeblich. Zentimeter um Zentimeter entzog sich ihm der Druidenstab, und die Kraft des »Herren der Schatten« bannte ihn an der Tür.

Erneut ertönte das gräßliche Gelächter: »Verloren. Du hast ...«

Myrrdhin hörte das zweite »verloren« schon – doch es fiel nicht. Irgend etwas schien die dunkle Macht unterbrochen zu haben. Auch der Stab bewegte sich nicht mehr.

Myrrdhin sah auf und mußte sogleich die Augen schließen. Ein Flammenteppich hatte sich über die »Sternenkuppel« gelegt, hell wie der Sonnenkern. Er versuchte erneut, die Augen zu öffnen, doch er konnte nur durch einen winzigen Spalt blicken. Ein furchtbarer Kampf schien entbrannt zu sein zwischen den »Herren des Schattens« und den Lichtwesen, wer immer sie sein mochten.

Myrrdhin konnte kaum etwas erkennen; aber er gewann seine Bewegungsfreiheit zurück. Die Mächte der Finsternis mußten alle Kräfte auf die neuen Gegner richten, und so war der Bann von Myrrdhin abgefallen. Er versuchte zu erkennen, wo sich der Stab befand, doch vermochte er nur ein Flimmern auszumachen. Er kroch darauf zu, in der Hoffnung, es möge das Lichtfeuer des Logorithen sein. Es schien ihm eine unendlich lange Strecke zu sein, bis er den Druidenstab erreichte. Endlich verspürte er den Kristall an seinem Ende unter seiner Hand. Er nahm den Karfunkelstein und tastete sich Millimeter für Millimeter an dem Stab entlang. Noch immer blendete das Flammenfeuer ihn so stark, daß an ein Öffnen der Augen nicht zu denken war. Jeden Moment erwartete er, auf die Zähne der Anakonda zu stoßen – doch nichts geschah. Er erspürte die filigranen Amethyststäbe, die Ornamente, die Gestalt von Astramis und dann ruhte seine Hand auf dem Irisin. Der Stab war frei.

Er ergriff ihn mit der linken Hand und hob ihn vor seine Augen.

Jetzt konnte er das Licht genügend abdämpfen, um aufzuschauen. Die Flammenwoge hatte den »Herren des Schattens« ergriffen, der in die »Sternenkuppel« einzudringen vermocht hatte. Sie trotzte all seiner Macht und verzehrte ihn zu reiner Geistessenz. Es war ein furchtbarer Anblick, die medusenartige Gestalt jenes Geschöpfes der Finsternis in ihrem Todeskampf zu sehen. Der innere Geistesfunken hatte sich bis zur absoluten Grenze von seiner göttlichen Bestimmung entfernt und unterlag nun seiner selbst verschuldeten Endlichkeit.

Erschüttert erkannte Myrrdhin die Perversion und das vollkommene Scheitern eines schöpferischen Impulses. Dies war der höchste Preis der Freiheit. Ein endlos langer Prozeß endete im Nichts – und doch war selbst dieses Nichts noch eine Neugeburt.

Allmählich verlosch das kosmische Feuer, und Myrrdhin sank erschöpft in der »Sternenkuppel« zusammen.

Er wußte nicht, ob er einige Augenblicke oder ganze Tage so gelegen hatte, als er die Augen aufschlug. Eine Hand lag auf seinem Herzen, und er blickte in jene Züge, die ihm so vertraut waren. Astramis saß neben ihm.

»Es war ein furchtbarer Kampf; und wäre es Myrronia nicht gelungen, uns zu erreichen, die »Sternenbruderschaft« hätte einen verhängnisvollen Rückschlag hinnehmen müssen. Die »Meister der linken Hand« haben es unbegreiflicherweise verstanden, ihren Angriff vor der Bruderschaft vollständig geheimzuhalten. So standet ihr einem übermächtigen Gegner gegenüber, den wir jetzt nur geschwächt, aber noch nicht endgültig besiegt haben.«

»Wo ist Myrronia?« wollte Myrrdhin von Astramis wissen.

Dieser reichte ihm nur die Hand und zog ihn sanft in die Höhe. Myrronia lag nur wenige Schritte neben ihm, und Elohira saß an ihrer Seite. Sie schien noch sehr schwach zu sein, doch sie lächelte ihm aufmunternd zu.

Der Druidenstab lag wieder in der Vitrine, der Karfunkelstein daneben. Die »Herren des Schattens« hatten eine Niederlage erlitten.

13. Die Entscheidung

An den Tagen nach dem Angriff der »Herren des Schattens« kamen Astramis und Elohira noch zweimal nach Caerverock Castle, vor allem um Myrrdhin und Myrronia zu helfen, ihre feinstofflichen Körper zu heilen. Die Attacken der Schakale der Nacht hatten bei beiden zu einem großen Verlust an Lebensenergie geführt, die nun allmählich wieder aufgefüllt wurde. Astramis und Elohira setzten für ihre Heilungsarbeit auch die »Flamme des Lebens« ein, wobei sie die kosmischen Heilstrahlen noch konzentrierter zu bündeln vermochten als ihre beiden Schüler. Aufgrund dieser intensiven Behandlung fanden Myrrdhin und Myrronia schon in kurzer Zeit zu ihrer alten Stärke zurück und konnten mit ihren beiden Meistern wieder ohne Beschwerden die inneren Reiche betreten.

Astramis bat sie daher, im Anschluß an ihren zweiten Besuch, ihnen zum »Kastell der Wächter« zu folgen. So durchzogen Myrrdhin und Myrronia die geistigen Sphären, um schließlich in eine Welt einzutreten, die ihnen bisher völlig verschlossen geblieben war.

Das Kastell erwies sich als eine Art Kristallburg, die sich auf einem felsenartigen Massiv in schwindelnde Höhen erstreckte. Sie bestand nicht aus einem Grundbau, auf dem dann einige Türme errichtet waren, sondern die Türme und Zitadellen wuchsen geradezu organisch aus dem Felsen heraus. Die immer lichter werdenden Spitzen des »Kastells der Wächter« schienen von einer Art kosmischer Sonne angestrahlt zu werden, obwohl die Sphäre, in der sie sich befanden, kein Firmament im eigentlichen Sinne aufwies. Über ihnen wölbte sich eine unendliche, farblose Weite, die möglicherweise Leben und Formen enthielt, die ihnen aber nicht zugänglich war.

Myrrdhin bemerkte, daß sie am Fuße des Felsens eine Sperre passieren mußten, die erst aufgrund eines bestimmten Kennwortes von Astramis geöffnet wurde. Obwohl Myrrdhin die Sperre oder das Portal zum Kastell nicht erkennen konnte, empfand er deutlich die Änderung in der Atmosphäre, als sie das »Kastell der Wächter« betreten hatten. Es war die Welt des Gesetzes und der göttlichen Macht. Nichts würde den Wesen des Kristalls widerstehen können.

Astramis bewegte sich auf einen Seitenturm zu, der auf halber Höhe aus dem Felsen herauszuwachsen schien. Sie durchquerten einen kleinen Torbogen und standen dann vor einem Portal, dessen beide Flügel zwei gekreuzte Schwerter aufwiesen. Astramis berührte sie sanft, und sie schwangen nach innen auf. Der Saal, den sie betraten, war von großer Schlichtheit. Am Kopfende befand sich ein großes Becken, das auf einem kunstvoll bearbeiteten großen Felsbrocken ruhte. Sein Rand war doppelreihig mit geheimnisvollen Ornamenten verziert, und in ihm eingelassen fand sich ein leicht violett funkelnder Spiegel.

»Ihr seht das »Auge der Wächter«, das sich seit Anbeginn der Zeiten hier im Schwertersaal befindet«, erklärte ihnen Astramis die Bedeutung des Platzes.

»Wir werden hier warten.«

Die Zeit verrann, und Myrrdhin und Myrronia spürten, wie allmählich eine unbeschreiblich machtvolle Kraft sie erfüllte. Der ganze Saal schien geradezu zu vibrieren angesichts dieser gewaltigen Energie, die anscheinend von nirgendwo ihren Ausgang nahm.

Myrrdhin konnte immer noch keinerlei Wesenheiten erkennen, doch Astramis und Elohira erhoben sich plötzlich, um sich zu verneigen. Sie schienen an der Seite des »Auges der Wächter« mit zwei Gestalten zu sprechen, die sich allerdings jenseits von Myrrdhins

Das Kastell der Wächter

Wahrnehmungsvermögen befanden. Nur für Momente glaubte er zwei pulsierende Kraftfelder ausmachen zu können, doch die Schwingung war zu hoch, um für ihn Form anzunehmen.

Nach kurzer Zeit winkte Elohira Myrronia und Myrrdhin zu sich und trat mit ihnen vor das große Spiegelbecken. Myrrdhin erwartete, im Spiegel eine Art Botschaft oder Vorschau zu erhalten, ähnlich wie seine Erfahrung am Manasarovar-See; doch er hatte sich getäuscht. Beim Blick in den Spiegel erschaute er die beiden Wesen, die sich im Raum befanden. Fast erschrak er, angesichts des Ernstes und der Machtfülle dieser unnahbar wirkenden göttlichen Krieger. Auch Myrronias Antlitz drückte die gleiche tiefe Ehrfurcht aus.

»Wir heißen Euch im »Kastell der Wächter« willkommen«, erklang eine weltenferne Stimme aus den Tiefen des Beckens.

»Die »Hüter des Gesetzes« können sich den Augen der Verkörperten nicht zeigen, daher bedürft ihr des »Auges der Wächter«, um uns zu erschauen. Wir haben Euch zu uns gerufen, um Euch wissen zu lassen, daß der Tag der Entscheidung herannaht. Die Zeit der »Herren des Schattens« ist abgelaufen. In den unendlichen Weiten der Sternenwelten leiden nur noch wenige Reiche unter ihrer Herrschaft, darunter auch Euer Planet. Doch ist die Zeit nun gekommen, da sich das Gesetz erfüllt. Sobald die Summe der Kräfte des Lichtes in einer Welt die Summe der Kräfte der Finsternis übertrifft, kann der »Herr der Welt« eine Botschaft zum »Kastell der Wächter« senden. Das Gesetz *ist* erfüllt; und der Tag des Gerichtes ist angebrochen.«

Myrrdhin und Myrronia waren den Worten des »Hüters« mit gespannter Aufmerksamkeit gefolgt. Sie wußten seit dem denkwürdigen Treffen der »Sternenbruderschaft« mit der Solaren Hierarchie von der bevorstehenden Veränderung, doch ließ sich bisher in keiner Weise erahnen, wie sich diese vollziehen sollte. Die Macht der »Herren des Schattens« schien ungebrochen, wie sie selber erst vor kurzem schmerzhaft erfahren mußten. Was mochte es also bedeuten, wenn die »Hüter des Gesetzes« ihnen verkündeten, der »Tag des Gerichtes« sei angebrochen?

Sie mußten nicht lange auf die Antwort warten.

»Die »Herren des Schattens« entstammen nicht Eurer Welt. Sie zehren vom Bösen in den Herzen der Erdenwesen. Der Haß und die Gier, der Neid und die Wut, der Fanatismus und die Intoleranz – sie sind ihr Lebenselixier. Sie saugen das menschliche Böse auf und gebären in sich das kosmische Böse. Aus sich sind sie nichts, doch als Ausgeburt des kollektiven Bösen werden sie machtvoll, weit mächtiger als der einzelne Erdenmensch. Alles dies geschieht innerhalb des Gesetzes. Böses zieht Böses an, und wer den Haß sät, wird durch den Haß umkommen. Doch auch Gutes zieht Gutes an, und wer Liebe sät, wird durch die Liebe erlöst werden.

Eure Macht vermag allein das zu überwinden, was Eurer geistigen Reife entspricht. Der einzelne Lichtsucher wäre den »Herren des Schattens« unterlegen, da er noch nicht gelernt hat, sich den »Hütern des Gesetzes« anzuvertrauen. Besäße er den Mut, sich vertrauensvoll uns zu öffnen, er erhielte die Fülle unserer Macht, um an unserer Seite für das Gesetz zu streiten. Doch noch ist diese Zeit nicht gekommen.

So wird es in unserer Obhut liegen, die Schakale der Nacht zu überwinden und sie zurückzuführen zum Plan des Lebens. Wenn die Innenwelten der Erde befreit sind, könnt Ihr aus eigener Kraft die Mächte des Todes überwinden. Der Tod ist der Sünde Sold, und er wurde zu Recht eingefordert.

Doch jetzt ist der Tag gekommen, da wir gemeinsam dem Licht zum Durchbruch verhelfen wollen. Wir werden Euch den Anfang schenken, übergebt ihr uns das Ende!«

Mit diesen verheißungsvollen Worten endete der »Hüter des Gesetzes«. Seine Erscheinung auf dem Spiegel verlosch, und die Stimme verstummte. Stattdessen spürten Myrrdhin und Myrronia, wie sie in das stellare Kraftfeld dieser kosmischen Krieger aufgenommen wurden und sich darin langsam aus dem »Kastell der Wächter« entfernten.

Sie konnten nicht erfassen, welche Sphären und Welten sie in rasendem Flug durchquerten, doch irgendwann begann die Atmosphäre erdrückend zu werden, und eine Eiseskälte umgab sie. Myrrdhin ahnte, wo sie sich befanden, denn vieles erinnerte ihn an die Befreiung der gefangenen Seelen auf Miranda. Auch dort kroch die Finsternis wie kalter Nebel in die Seelen.

Myrrdhin und Myrronia versuchten, sich auf das Bewußtsein der »Hüter des Gesetzes« einzustimmen und hielten sich zudem im aurischen Feld von Astramis und Elohira auf.

Inzwischen war alles Licht des Lebens verloschen; nur ein beängstigendes schwarzes Feuer ließ Konturen sichtbar werden. Sie mußten tief in das Reich der »Herren des Schattens« eingedrungen sein. Vor ihnen zeigte sich eine zerklüftete Gebirgskette, mit zahllosen Ruinen auf ihren Gipfeln. Diese schienen aber nicht gänzlich verlassen zu sein, denn in fast allen konnten sie einen blassen grau-grünen Schimmer ausmachen.

»Wir haben die »Magischen Wächter« erreicht«, hörte Myrrdhin Astramis zu Elohira sagen.

»Es muß uns gelingen, sie alle zu überwinden, damit sie den Mächten der Finsternis keine Warnung zukommen lassen können.«

Anscheinend wollten die Hüter sie von den Seiten angreifen, denn Myrrdhin und Astramis bewegten sich auf die Ostseite der Gebirgskette zu, während Elohira und Myrronia sich nach Westen gewandt hatten. Myrrdhin vermochte jetzt die Gestalten der beiden Sternenkrieger in ihren Umrissen zu erkennen, da sie sich für den Kampf mit den »Magischen Wächtern« offensichtlich auf ein niedrigeres Schwingungsfeld verdichtet hatten.

Der Angriff erfolgte übergangslos. Wie eine Flammenwalze überrollte das Lichtfeuer des reinen Geistes Ruine für Ruine. Nur die drei mittleren schimmerten noch in ihrem grau-grünen Schattenlicht; doch im nächsten Augenblick würden auch sie ausgelöscht sein.

Als die Flammenwoge die östliche der drei Ruinen erreicht hatte, wurde sie jedoch plötzlich zum Einhalten gezwungen. Im gleichen Augenblick verlosch der grau-grüne Schimmer, verschwanden die Ruinen und eine gewaltige Festung wurde sichtbar. Die »Magischen Wächter« hatten ihre Tarnung bis zum letzten Moment aufrechterhalten. Die Festung widerstand dem Angriff, und Myrrdhin und Myrronia sahen, wie sich aus den oberen Türmen schwarze Gestalten lösten und in der nördlichen Nacht verschwanden.

In der Zwischenzeit hatten sich die beiden »Hüter des Gesetzes« im Süden der Festung vereint, um sie von neuem angreifen zu können. Währenddessen lösten sich immer neue schwarze Geschöpfe und jagten davon. Es war höchste Zeit, das dunkle Gemäuer zu zerstören.

Myrrdhin erwartete eine neue Flammenwalze, doch die Hüter entschieden sich anders. Die »Magischen Wächter« hatten einen undurchdringlichen Schutz gegen die Flammen errichtet; aber sie waren nicht gewappnet gegen den Sternenstrahl, der mit fürchterlicher Lichtenergie gegen die Festung geschleudert wurde. Er durchbrach den Schutzschirm, und in Sekundenschnelle war die Welt der »Magischen Wächter« erloschen. Die Ruinen und die Felsenkette waren verschwunden, und stattdessen bot sich ihren Augen der Anblick einer sanften Hügelkette dar, und das Licht des Lebens leuchtete wieder über allem. Dieser Teil des Reiches der Nacht war erlöst.

»Wir haben die »Magischen Wächter« überwunden und ihre Welt erlöst; doch wir konnten den Flug der Dämonen nicht verhindern. Die »Herren des Schattens« sind gewarnt, und wir sollten sie nicht unterschätzen!« fügte Astramis mahnend hinzu.

»Die Warnung wird sie nicht retten«, entgegnete Elohira.

»Sie werden dem »Zepter der Macht« nicht standhalten können. Die Stunde der Befreiung ist unwiderruflich gekommen.«

Myrrdhin und Myrronia folgten mit ihren Meistern den entflohenen Dämonen nordwärts, wo schon bald wieder die Nachtschwärze über sie kam und die Kälte nach ihnen griff. Die Hüter mußten das geistige Schutzfeld um die beiden Druiden und ihre Meister noch weiter verdichten, da menschliches Leben im Todeshauch des Reiches der Finsternis erstickt wäre.

Die letzten der flüchtenden Dämonen waren ihnen nur wenig voraus und wiesen ihnen so unfreiwillig den Weg. Schließlich verschwanden sie in einem riesigen Mandala, das sich vor ihnen erhob und sich auf allen vier Seiten ins Unendliche zu erstrecken schien. Aus einem schwarzen Zentrum, das in seinem innersten Kern jedoch wie aus einer Wunde zu bluten schien, wuchs eine linksdrehende Spirale, die sich in unzähligen Ringen um das schwarze Herz wand und dann in der Ferne verlor. Das gesamte Mandala war überzogen von einem Spinnennetz, in dem vereinzelt noch die dämonischen Boten von den Ruinenbergen der »Magischen Wächter« hingen. Sie befanden sich wahrlich in der Wohnstatt des Grauens, im Hort der Schakale der Nacht.

»Wie Ihr wißt, leben die »Herren des Schattens« aus der Kraft, die sie dem Reich der Menschen und den Welten der Verstorbenen entziehen«, erinnerte Astramis Myrrdhin und Myrronia.

»Die »Hüter des Gesetzes« werden sie nur überwinden können, wenn wir unsere Kräfte mit den ihren vereinen, denn nur dann erhalten sie die Information aller Zellen und Bausteine des Lebens, die von den Wesen der Dunkelheit umgewandelt wurden. Nehmt den heiligen Stein und richtet ihn auf das Zentrum des Todes-Mandalas.«

Myrrdhin und Myrronia ergriffen den Karfunkelstein und richteten die »Flamme des Lebens« gegen die Mächte des Todes. Sie spürten, wie die Kraft der »Sternenbruderschaft« sie durchströmte und sahen, wie sich erste Risse im Spinngewebe zeigten, das sich über dem Mandala aufspannte.

Dann flammten die Logorith-Stäbe der kosmischen Meister in den Händen von Astramis und Elohira auf, und ihr Lichtfeuer strömte in Wogen gegen die Wesen der Finsternis. Mit dieser Lichtkraft erlösten sie Wesen aus dem Reich der Dunkelheit, die den Pfad des Lebens noch nicht völlig verlassen hatten.

Dann aber schlugen die »Herren des Schattens« zurück. Die blutige Mitte des Mandalas brach auf, und eine Flutwelle der Zerstörung prallte gegen sie. Trotz des Schutzes der »Hüter des Gesetzes« durchdrangen Tropfen dieses tödlichen Wassers den Energieschild und fielen wie ätzendes Tränenblut auf ihre feinstofflichen Körper. Sie spürten in drastischer Schmerzhaftigkeit die Essenz des Bösen.

Die »Hüter des Gesetzes« hatten anscheinend auf diesen Moment gewartet. Ihre Sternenlichtkörper flammten in göttlichem Leuchtfeuer auf, und über ihnen erschien das »Zepter der Macht«. Der Geist des Allerhöchsten erfüllte es, und Seine Kraft richtete es gegen das Zentrum des Todes-Mandalas. Unaufhaltsam drang es durch das Spinnennetz, um sich in das Zentrum der Zerstörungskraft zu senken. Als es ganz eingetaucht war, vollzog sich die Verwandlung. Die schier endlose Spirale flammte auf, rollte sich in unfaßbarer Geschwindigkeit in sich selbst zurück, das Spinnengewebe dabei vollständig in sich hineinfressend, und explodierte in einer alles verzehrenden Neugeburt. Wo bisher das Todes-Mandala den kosmischen Raum ausgefüllt hatte, glühte nun ein feuriger Sonnenball. Die »Herren des Schattens« existierten nicht mehr. Sie waren ins SEIN zurückgerufen worden.

Myrrdhin und Myrronia kehrten mit ihren Meistern und den »Hütern des Gesetzes« ins »Kastell der Wächter« zurück. Erleichtert wurden sie dort aus dem stellaren Kraftfeld entbunden, das sie einerseits vor den zerstörerischen Kräften der Finsternis behütet, andererseits aber auch einer Anspannung ausgesetzt hatte, die für sie an die Grenze des Erträglichen reichte. Da sie mittels der »Silberschnur«

natürlich weiterhin mit ihren physischen Körpern verbunden waren, konnten sie nicht unbegrenzt in den geistigen Welten weilen, schon gar nicht unter solchen extremen Voraussetzungen.

Doch ihre Mission war noch nicht abgeschlossen. Die »Hüter des Gesetzes« hatten sich aus dem Schwertersaal zurückgezogen, Astramis und Elohira waren aber im Kastell geblieben. Sie standen gemeinsam vor dem »Auge der Wächter« und baten Myrrdhin und Myrronia, noch einmal den Spiegel zu benutzen.

Diesmal tauchten tatsächlich Bilder auf, und Myrrdhin erkannte einen Ort, an den er sich nur ungern erinnerte – die Katakomben des Rakastal-Sees.

»Die »Herren des Schattens« stellen keine Bedrohung mehr für die Menschen dar; aber noch immer wuchert das Übel in den Gräbern der Katakomben. Diese zersetzende Saat der Gedanken muß zerstört werden, ehe sie erneut Frucht tragen kann und das Rad des Todes noch einmal in Umdrehung versetzt wird. Der Haß und die Gier, Machtwillen und Zerstörungswut sind noch immer in den Herzen der Menschen vorhanden. Auch wenn sie nicht mehr von der Finsternis gespeist werden, so bilden sie doch noch immer eine Quelle des Unheils – und die Macht der Gedanken ist unerschöpflich. Es ist Eure Aufgabe, die Katakomben von den Bildern der Vergangenheit zu befreien und die Elementale der Gräber zu erlösen.

Verwandelt mit der »Flamme des Lebens« und geht jetzt, ihr werdet schon erwartet.«

Bei diesen Worten war Myrrdhins Blick aus dem Fenster gefallen, und er sah auf dem Felsen einen alten Freund sitzen – Dragormu. Obwohl er auf dieser Reise Myrrdhin und Myrronia zu tragen hatte, schien er die Last kaum zu spüren. Schon bald waren sie wieder in die Erdsphäre eingetreten und die erhabenen Gipfel des Himalaya zogen unter ihnen dahin. Wie leicht erreichte Myrrdhin doch auf diesem Weg sein Ziel, und wie mühsam dagegen war der Aufstieg auf dem physischen Plan verlaufen.

Als Myrrdhin und Myrronia die Höhle oberhalb des Rakastal-Sees betraten, empfand er die Schwere und das Erdrückende des Ortes als nicht so belastend wie anläßlich seines ersten Besuches. Das mochte an Myrronias Begleitung, an der »Flamme des Lebens«, die sie im heiligen Stein bei sich trugen, oder an der Vernichtung der »Herren des Schattens« liegen.

Bereits am Eingang stießen sie auf Grolu, die erneut ihr Kommen erwartet zu haben schien. Sie folgten ihr behutsam, in Ungewißheit darüber, ob sie vielleicht mit einem Angriff rechnen mußten.

Reihe für Reihe berührten sie die Gräber mit der »Flamme des Lebens«, und allmählich wurde die Höhle heller. Die Grabsteine versanken zu Staub, verwandelten sich in Erde und begannen zu begrünen. Bäche entsprangen kleinen Quellen – Leben wurde geboren.

Sie hatten nur noch wenige Gänge vor sich, als sie das unbezwingbare Verlangen erfüllte, selbst neue Lebensformen in der erlösten Landschaft zu erschaffen. Sie besaßen die Macht dazu. Was sollte sie daran hindern? Sie konnten eine eigene Welt aufbauen – ihre Welt. Schon standen sie im Begriff, die Gänge zu verlassen und umzukehren, als Myrronia plötzlich aufschrie: »Myrrdhin, gib mir den Stein. Wir werden angegriffen!«

Durch Myrronias Schrei erwachte Myrrdhin aus seiner momentanen Verblendung und erkannte, daß sie leichtfertig den noch verbliebenen Schattenwesen Zugang zu ihren Gedanken gewährt hatten. Sie drehten sich um und wollten sich wieder den noch verbliebenen Gängen zuwenden, als der dämonische Angreifer sie auch schon anfiel. Die »Magischen Wächter« hatten auch am Rakastal-See einen der ihren zurückgelassen, und beinahe wäre es ihm gelungen, sie zu überlisten. Er stürzte sich auf Myrronia, die seine Gegenwart glücklicherweise gespürt hatte, doch war sie schon vom Schutz des Karfunkelsteines umgeben. Sie richtete die Flamme des heiligen Steines auf ihn, während Myrrdhin ihm das Lichtfeuer des Logorithen entgegenschleuderte. Ohne die Macht der Finsternis war der Angreifer verloren, und binnen weniger Augenblicke wand er sich in Agonie auf dem Boden der Höhle, wo er zu Staub zerfiel. Auch vor ihm lag ein endlos langer Neubeginn.

Trotz der Vernichtung jenes offensichtlich letzten der »Magischen Wächter«, setzten Myrrdhin und Myrronia noch einmal mit größter Aufmerksamkeit ihren Weg durch die Katakomben fort. Sie verwandelten auch die letzten Gänge, ohne allerdings auf weiteren Widerstand zu stoßen. Die Schattenkräfte hatten auch am Rakastal-See ihren Einfluß verloren.

Als sie die Höhle verließen, waren sie erstaunt, neben Dragormu einen zweiten Falken zu sehen.

»Ich bin Dragrolu. Meine Aufgabe hier ist erfüllt, und auch ich kann nunmehr die Katakomben verlassen.«

Da erkannte Myrrdhin, daß er auch in der finstersten Nacht der Rakastal-Prüfung nicht ohne den Schutz der Bruderschaft gewesen war.

Die beiden Falken brachten sie rasch zum »Kastell der Wächter« zurück. Dort verabschiedeten sie sich von Astramis und Elohira und kehrten mit Dragormu und Dragrolu nach Caerverock Castle zurück.

Der Morgen einer neuen Zeit war angebrochen.

14. Sarialana

Die Zeit nach der Verwandlung der Schattenkräfte war geprägt von tiefgreifenden Veränderungen auf der Erde. Allmählich zeichneten sich die neuen Bewußtseinsstrukturen ab, und selbst in breiten Bevölkerungsschichten begann die Erkenntnis von einer völlig neuen Epoche der Menschheitsgeschichte sich Bahn zu brechen.

Die sichtbarsten Anzeichen bestanden in der Beendigung der kriegerischen Auseinandersetzungen in Ost und West, in Nord und Süd. Da die Kräfte des Hasses nur noch aus sich selbst lebten, konnten sie von den vereinigten Bemühungen gütiger und liebevoller Menschen langsam aber stetig aufgelöst werden. Die Waffen der Vernichtung wurden in den hoffnungsvollen Flammen einer neuen Friedfertigkeit geschmolzen. Durch die freigesetzten kreativen Geisteskräfte, die bisher in einem Zerstörung bewirkenden Bereich gebunden waren, entstand geradezu ein Quantensprung neuer Entwicklungen und Erfindungen. Zahllose Probleme, die über lange Zeiträume das menschliche Leben bedroht hatten, fanden neue, bislang nicht für möglich gehaltene Lösungen.

Vor allem die Beziehungen der Menschen zur Natur und zum Tierreich durchliefen eine dramatische Wandlung. Die Sonne des Geistes durchlichtete die Seelen, und die *Einheit* allen Lebens gewann Raum im Bewußtsein aller Menschen. Aus der Bereitschaft zu vernichten, wurde der Wille zu behüten; und aus der Fähigkeit zu zerstören, wurde die Begabung zu erschaffen.

Auch der Trennungsschleier zwischen Innenwelt und Außenwelt

hob sich allmählich, um die Gewißheit von der Ewigkeit und Unzerstörbarkeit des Lebens Einkehr in alle Herzen nehmen zu lassen. Eine neue Phase der Erdenevolution zeigte sich anhand unübersehbarer Zeichen.

Die »Sternenbruderschaft« hatte sich in den ersten Jahren der neuen Zeit unaufhörlich vergrößert. Viele große Seelen der Vergangenheit waren in die Inkarnation hinabgestiegen, um das Wissen der Meister der Weisheit der nunmehr mit aller Kraft zum Licht strebenden Menschheit zur Verfügung zu stellen; und aus ihren Reihen waren zahllose Scharen durch die Pforte der Einweihung geschritten.

Auf den Versammlungen der »Sternenbruderschaft« trafen sich daher nicht mehr alle Mitglieder zur selben Zeit, und so war es nicht verwunderlich, daß einige Jahre ins Land gezogen waren, ehe Myrrdhin und Myrronia in Shamballah wieder mit Sunderami zusammentrafen.

Pandit Karunamar war immer in enger Verbindung mit ihnen geblieben, die sich, nachdem er seine physische Hülle ablegen durfte, noch intensiviert hatte. Mit seiner erleuchteten Weisheit begleitete er die Arbeit der beiden Druiden und wirkte mit am Aufbau eines neuen Heilsystems und dem Ausbau und der Vertiefung des meditativen Weges, des uralten heiligen Pfades der Versenkung.

Sunderami lebte inzwischen mit Sunderam, ihrem Seelengefährten, in einem großen Ashram in der Nähe von Benares. Ähnlich wie Myrrdhin und Myrronia, leitete Sunderami die Heilungsarbeit, der sie sich ja bereits als junges Mädchen geweiht hatte, während Sunderam in der alten heiligen Stadt den »Pavillon der Religionen« gegründet hatte. In ihm trafen die weisesten Vertreter der unterschiedlichen religiösen Traditionen zusammen, um gemeinsam ihre tiefsten Einsichten miteinander zu teilen. So waren über die Jahre hinweg die Grenzen zwischen Kulturen und Überlieferungen gefallen.

Die Trennungsmauern zwischen Konfessionen waren zerbröckelt und ein Park der Geistesblumen entstanden. Die Wissenden und Eingeweihten, die alle inzwischen Mitglieder der »Sternenbruderschaft« geworden waren, verstanden immer tiefer die Sinnhaftigkeit in der Vielfalt der spirituellen Wege. Eine unbeschreibliche göttliche Weisheit wachte über dem geistigen Aufstieg der gesamten Menschheit und bereitete dem sich emporringenden Seelenleben jenes Umfeld, das es für sein Wachstum benötigte.

Die Weisen aus Benares pflanzten die Samen des Verstehens dann in die Gärten ihrer eigenen Traditionen, und die aufblühenden Rosen des Geistes bildeten duftende Brücken von Herz zu Herz. Religion grenzte nicht mehr aus. Eine heilige Schrift wurde nicht mehr der anderen gegenüber, sondern ihr an die Seite gestellt. Spiritualität war charakterisiert durch die Tiefe des Dialoges. Das Du wurde wichtiger als das Ich. Das Weltethos bildete die Grundlage für das Zusammenleben der Menschen.

In diesem Umfeld entfaltete sich das Leben von Sunderami und Sunderam. Sie waren tief erfüllt von der Sinnhaftigkeit ihres Wirkens und von der beglückenden Umwandlung der Werte. Der einzige kleine Schatten über ihrem Leben war ein bisher unerfüllter Wunsch nach einem Kind. Eigenartigerweise konnte ihnen auch Elohira keinen Grund nennen, warum noch keine Seele den Weg zu ihnen gefunden hatte. Sie wollte daher die Bitte der beiden dem »Rat von Shamballah« vortragen.

Die Tagung des Rates hatte bereits zahllose Fragen behandelt, als Elohira den Wunsch ihrer beiden Schüler vortrug. Der »Meister vom Stuhl«, der die Sitzung leitete, wandte sich daraufhin an Sunderami und Sunderam und bat sie, vorzutreten und sich neben den Logorithen zu stellen. Dies war eine ungewöhnliche Bitte, und erwartungsvoll richteten sich alle Blicke auf die beiden jungen Eingeweihten. Es wurde still im Kuppelsaal des großen Domes von Shamballah.

In das versammelte Schweigen erklang die auradische Harfe. Die Kuppel des Domes schwang auf und im Lichtglanz der Solaren Hierarchie erschauten sie ein wunderschönes Wesen. Dazu erklang die Stimme des »Herrn der Welt«.

»Im Stein schlief der göttliche Funken, ehe er im Pflanzenreich zu ersten Regungen erwachte; weiter wuchs sein Lebenslicht im munteren Spiel der Tiere, ehe er im Menschen zu sich selbst dann fand. Nun ist die Zeit gekommen, um sich zu erheben und die Erdenschwere abzulegen. Gleichsam mit Engelsflügeln wird der neue Mensch die Sphären durchmessen, frei von Geburt und Tod.

So heißt willkommen in Eurer Mitte Sarialana, die Tochter des Himmels. Sie wird zu Euch kommen, geboren aus der reinen Liebe des Geistes.

Legt nun Eure Hände auf den Logorithen und vereint Eure Seelen!«

Sunderami und Sunderam folgten den Worten des »Herren der Welt«, und während sie ihre Hände gemeinsam auf den Stein der »Sternenbruderschaft« legten, verschmolzen ihre Seelen miteinander. Wie zwei Hälften einer Enziansblüte verknüpften sich ihre Lebensfäden, um dann die Kelchblätter zu öffnen, gleich einem Himmelslotos. In dieser Lotosblüte wurde Sarialana geboren, aus der Sonnenwelt ins Menschenreich. Die Erstgeborene einer neuen Menschheit.

Der Frieden des Allerhöchsten ruhte auf ihnen, und sie erschauten das »Zepter der Macht«, das sich herabsenkte und sie segnete.

»So zieht nun wieder hinab in Eure Welt, um die Morgenröte eines neuen Tages zu begrüßen. Die Mühsal von Geburt und Tod ist von Euch genommen, und das Tor ins Reich des Lichtes geöffnet.«

Mit diesen Worten schloß sich die Kuppel des Domes, und die auradische Harfe verhallte in den unendlichen Fernen des Weltalls.

Sunderami und Sunderam senkten den Blick und lösten sachte die Hände vom heiligen Stein. Vor ihnen stand Sarialana – ihre Tochter. Sie blickten in ihre Augen, und wieder kamen ihnen die Worte des weisen »Propheten« in den Sinn: »Eure Kinder sind nicht eure Kinder. Sie sind die Söhne und Töchter der Sehnsucht des Lebens nach sich selber. Sie kommen durch euch, aber nicht von euch.«

Sarialana erstrahlte noch immer im Glanz ihrer Welt, wenngleich ihre Form nicht mehr aus solarem Lichtfeuer gebildet wurde. Sie war in die Inkarnation eingetreten, wenngleich sie das Geburtsrecht besaß, Bewohnerin zweier Welten bleiben zu dürfen.

Mit dem einmaligen Geschehen der Geburt des neuen Menschen endete die Versammlung der »Sternenbruderschaft«. Sunderami und Sunderam sowie Sarialana verharrten noch eine Weile mit Myrrdhin und Myrronia sowie Astramis und Elohira im ehrwürdigen Dom. Zu gewaltig war das Geschehen der vergangene Stunde gewesen. Erst allmählich verdichtete sich ihr Energiefeld zu seiner gewohnten Form, und sie beschlossen, gemeinsam nach Caerverock Castle zurückzukehren, wo Sarialana erstmals bis zum Erdenplan hinabsteigen sollte.

Zur Sommersonnenwende, der kürzesten Nacht auf Erden, betrat Sarialana die Erde. Sie besaß einen irdischen Körper, ohne allerdings durch die Inkarnation geschritten zu sein. Ihre Geburt aus dem Licht in eine dichtere Welt war auf einer anderen Ebene erfolgt. Als Bürgerin zweier Sphären unterschied sie sich von den Erdenmenschen vor allem dadurch, daß sie, um in eine andere Welt eintreten zu können, nicht ihre physische Hülle verlassen mußte. Sie war auch nicht mittels der »Silberschnur« mit ihrem Körper verbunden, wie dies bei Myrrdhin und Myrronia der Fall war. Sie vermochte es, willentlich ihre Schwingung zu erhöhen, um übergangslos in eine andere Dimension einzutreten.

Caerverock Castle schien Sarialana seinen schönsten Willkommensgruß entbieten zu wollen. Die Juni-Sonne erwärmte alles Leben, das Hochland leuchtete in lebensfrohem Grün, und Myrronias Rosen streckten ihr geradezu ihre Köpfchen entgegen. Auch alle Naturgeister mußten in ihrem Reich die Botschaft von der Ankunft Sarialanas vernommen haben, denn sie bevölkerten in zahllosen Scharen die ätherische Welt.

Voller Freude schritt Sarialana durch das Schloß und die Gärten, und überall schienen sich alle Lebensformen ihr erwartungsvoll zuzuneigen. Besonders die Rosen vor dem »Turm der Blumen« schloß sie ins Herz. Sie liebkoste jede einzelne Blüte, und Myrronia konnte beobachten, wie sich Sarialanas Bewußtsein mit jedem Wesensfunken der Rosenbüsche verband.

Darüber hinaus knüpfte sie auch ein Band zwischen den Sylphen und Elfen und der Pflanzenwelt von Caerverock Castle. Die Bewohner der Lüfte verstanden danach offensichtlich besser die Wesen, die sie zu betreuen hatten. Auf Myrronias Fragen hin erklärte Sarialana ihr, wie sie das Zellbewußtsein der Pflanzen mit dem Herz-Zentrum der Naturwesen abgestimmt hatte. Wenn die beiden Reiche in vollkommener Harmonie miteinander schwangen, konnte das LEBEN sich in vollendeter Form offenbaren.

Einen weiteren ganz besonderen Freund gewann Sarialana in Borga. Während Myrrdhin und Myrronia doch häufig ihren zahlreichen Verpflichtungen nachkommen mußten, erwies sich Sarialana als nahezu unbegrenzt verfügbare Spielgenossin. Stundenlang zogen die beiden durch die Hügel und an den Klippen entlang und verstanden sich ganz offensichtlich prächtig. Ähnlich wie Myrronia bei ihren Rosen, beobachtete Myrrdhin eine Veränderung bei Borga. Ihr Bewußtsein öffnete sich über ihre Sheltie-Welt hinaus, und sie reagierte auf gedankliche Impulse in einer Verständnis anzeigenden Art und Weise, wie Myrrdhin es zuvor nie erlebt hatte.

Auch mit dem Tierreich vermochte Sarialana eine innere Übereinstimmung herzustellen, wie sie intensiver nicht sein konnte. Aus dieser Nähe zum Menschen wurden dann neue Wachstumsimpulse gegeben, und Borga würde bald ihre tierische Form ablegen können, um in anderen Reichen auf einer fortgeschritteneren Lebensbahn dem EINEN entgegenzuwachsen.

Dies alles war Myrrdhin natürlich bekannt, doch als erstaunlich und neu empfand er die Intensität, mit der Sarialana ihr Bewußtsein mit der Lebensessenz des kleinen Sheltie verband. Sie lebte in einer vollkommenen Übereinstimmung mit dieser jungen Seele und besaß dadurch die Fähigkeit, sie in idealer Weise zu fördern und zu ihrer inneren Bestimmung zu führen.

Während Myrrdhin und Myrronia Borga und Sarialana in ihrem übermütigen Spiel beobachteten, vernahmen sie im Schloßhof aufgeregtes Rufen. Wenige Augenblicke später tauchten Sunderami und Sunderam auf, die einen leblosen Körper trugen. Sofort eilten alle auf die beiden zu, und Myrronia erkannte die junge Schäferin Shannon McIntyre, die Tochter des alten Wirtes vom Shepherds Inn. Ihr linkes Bein war entblößt, etwas angeschwollen und bereits dunkel angelaufen. Es bedurfte keiner ausführlichen medizinischen Untersuchung, um festzustellen, daß es sich um einen Schlangenbiß handelte. Die kleine Shannon stand unter Schock und war kaum bei Bewußtsein.

Myrronia zog ein Fläschchen mit »Notfalltropfen« aus der Tasche, die sie immer bei sich trug. Sie benetzte Shannons Lippen mit drei Tropfen, die fast umgehend zu einer Belebung führten. Sie erwachte aus ihrer schockhaften Erstarrung und konnte stockend erste Sätze sprechen.

»Ich suchte eines meiner Tiere, als ich im Heidekraut unachtsam auf eine Kreuzotter trat. Sie wärmte sich anscheinend auf einem der kleinen Steine, und ich habe sie nicht bemerkt. Aus Schreck hat sie mich dann ins Bein gebissen.«

Die Lage war ernst, da der Biß schon eine ganze Weile zurücklag. Die Verfärbung war bereits weit fortgeschritten, und Myrronia hatte wenig Hoffnung, daß ein Anti-Serum noch rechtzeitig eintreffen würde.

Inzwischen war Sarialana hinter sie getreten und kniete sich jetzt neben die noch immer angsterfüllt auf Myrronia blickende Schäferin.

»Shannon, wirst Du mir helfen, das Gift aus Deinem Körper zu entfernen?«

Shannon blickte auf Myrronia, deren zustimmendes Nicken ihr andeutete, daß sie Sarialana, die sie noch nie gesehen hatte, uneingeschränkt vertrauen konnte.

»Ja«, flüsterte sie ebenso verzagt wie hoffnungsvoll.

»Schließe Deine Augen und achte auf meine Hände«, bat sie Sarialana.

»Überall dort, wo Du meine Hände fühlst, gibst Du in Gedanken Deinem Körper den Befehl, das Gift hinzuleiten. Verstehst Du das?«

Shannon nickte nur und schloß die Augen.

Sarialana legte beide Hände um Shannons Oberschenkel und führte sie mit sanftem Druck langsam nach unten. Dabei entströmte ihren Handflächen ein schimmerndes blaues Licht, das für alle Umstehenden deutlich wahrnehmbar war. Dieses Licht zog offenbar das Gift langsam aus dem Bein heraus. Zentimeter für Zentimeter wanderten Sarialanas Hände den Füßen zu, und von Minute zu Minute löste sich mehr und mehr die Angst aus Shannons Gesicht. Sie spürte ganz offensichtlich, wie ihr Bein geheilt wurde.

Als Sarialanas Hände die Zehen erreicht hatten, zog das blaue Licht eine schwarz-violette Substanz an sich, die wie ein Schwamm an ihren Handflächen klebte. Vorsichtig drehte Sarialana ihre Hände, stand langsam auf und trug die schwarze Masse behutsam vor das Schloß. Dort kniete sie an dem kleinen Bach nieder, der plätschernd seinen schmalen Lauf durch die Wiesen suchte. Sie übergab das Gift dem Wasser, wobei sie zuerst mit einem der Wasserwesen sprach und die Reinigung der schwarzen Substanz ihm anvertraute.

Als das geschehen war, hielt sie noch eine Weile ihre Hände in den Bach und kehrte dann fröhlich ins Schloß zurück.

Shannon saß inzwischen neben Myrronia auf der Rosenbuschbank und fiel Sarialana mit Tränen der Dankbarkeit in den Augen um den Hals. Sie ahnte, daß sie dem jungen Mädchen ihr Leben verdankte. Sarialana hielt die kleine Schäferin noch lange im Arm, dann sandte sie sie mit ihrem Segen zurück zu ihrer Herde.

Als Shannon gegangen war, bat Myrronia Sarialana, sich noch einen Augenblick zu ihr zu setzen.

»Du hast Shannon auf eine Weise behandelt, wie ich es noch nie gesehen habe. Welchem Zweck diente ihre gedankliche Mitarbeit?«

»Die Menschen müssen lernen, Meister ihres Körpers zu werden«, erklärte Sarialana.

»Ich hätte das Gift auch ohne ihre Unterstützung aus dem Körper ziehen können, aber Shannon lernte durch diese Behandlung, daß ihre Zellen ihrer geistigen Führung unterstehen. Sie arbeitete in der Tat sehr gut mit. Ich konnte spüren, wie sie ihren betroffenen Zellen den Befehl gab, das Gift auszuscheiden und freizusetzen. Ich mußte es dann nur noch aus dem Körper ziehen. Wenn sie mehr Vertrauen in ihre eigenen geistigen Kräfte besessen hätte, wäre mein Mitwirken an der Heilung gar nicht notwendig gewesen. Doch dies wird noch ein wenig Schulung erfordern.«

Es wird also in Zukunft darauf ankommen, das Zellbewußtsein unter die Kontrolle des eigenen Willens zu stellen?« fügte Myrronia hinzu.

»Das ist der Prozeß, den die Menschheit seit kurzem begonnen hat. Ihr findet in den Werken einiger der Botschafter der »Sternenbruderschaft«, die im 20. Jahrhundert inkarniert waren, bereits Hinweise auf diesen Prozeß. Die bekanntesten von ihnen waren wohl Sri Aurobindo und seine Gefährtin, die man »Die Mutter« nannte. Sie erkannten schon früh die Bedeutung der Zellumwandlung und arbeiteten mit einigen ausgewählten Schülern daran.

Vielleicht können wir heute abend in der »Sternenkuppel« zusammenkommen. Ich möchte Euch noch einiges dazu sagen.«

Der restliche Tag verlief ohne Aufregungen, und am Abend kamen Myrrdhin und Myrronia mit Sunderami, Sunderam und Sarialana in der »Sternenkuppel« zusammen. Sarialana bat Myrrdhin, den Karfunkelstein in ihre Mitte zu stellen, damit die »Flamme des Lebens« als Sinnbild und Kraftquelle des Absoluten ihre Herzen erfüllte.

»Seit unzähligen Jahrtausenden entwickelt sich Leben auf der Erde in materieller Form«, begann Sarialana.

»Zuvor durchlief es feinstoffliche Gestalten, doch eher im unbewußten Zustand. Inzwischen ist der Mensch zum Selbstbewußtsein – zum Bewußtsein seines Selbst – aufgestiegen und in den Persönlichkeiten seiner großen Weisen und Lehrer bereits darüber hinausgewachsen. Die Außenwelten und die inneren Reiche beginnen sich zu durchdringen.

Öffnet Euch jetzt für die ›Flamme des Lebens‹, und Euch wird eine Erfahrung zuteil werden über den zukünftigen Weg der Erdenevolution.«

Mit diesen Worten legte sie ihre Hände auf den Karfunkelstein und wurde eins mit der »Flamme des Lebens«. Die »Sternenkuppel« versank in tiefes, heiliges Schweigen, in das dann die Worte Sarialanas wie Sternenperlen fielen.

Göttliches Licht umhülle uns
Göttliches Licht erfülle uns.

Licht von Deinem Licht
Geist von Deinem Geist

Noch erhebt der Mensch sich nicht
Noch zu Dir seine Seele nicht reist.
So verwandele Du, Du Flamme des Lebens.
Herrin der Welt, Licht des Vergebens
Alles, was in Dir schwingt,
Auf daß Dein Lied erklingt.
Im Glanz der Sternenwesen
Soll auch der Mensch genesen

Erhöre den Erdenchor
Öffne das Sonnentor.

Als die letzten Worte verklungen waren, wurde die »Sternenkuppel« in ein goldenes Flammenmeer verwandelt. Myrrdhin spürte, wie sein Körper erhoben wurde und in die Lichtwelt eintrat. Erstmals verließ er dazu nicht seinen Erdenkörper, sondern er und alle, die mit ihm in der »Sternenkuppel« weilten, wurden in einem verwandelten Körper emporgetragen in die Sternenreiche.

Die Welt zog unter ihnen dahin, und er erschaute die Metamorphose des blauen Planeten. Äonen eilten wie Augenblicke vor dem geöffneten Auge seiner Seele vorbei, und er sah das Leben zu neuer Vollkommenheit erwachen und der Herrlichkeit des EINEN entgegenströmen – der war, ist und sein wird.

Und er vernahm Seine Stimme im Weltall: »Der Tod wird nicht mehr sein, und die Tore in meine Reiche sind weit geöffnet – und kein Auge erschaute je die Herrlichkeit, die ich denen bereite, die mich lieben.«

Das Sonnentor